फ़ैलती मुस्कान
Contagious Smile

AF814712

फ़ैलती मुस्कान
Contagious Smile

प्रोफ़. शाहीना (सरोश) ख़ान
Prof. Shaheena (Sarosh) Khan

विद्या विहार, नई दिल्ली

प्रकाशक : विद्या विहार
19, संत विहार (पहली मंजिल) गली नं. 2, अंसारी रोड, नई दिल्ली–110002
सर्वाधिकार : सुरक्षित / संस्करण : प्रथम, 2023 / पेपरबैक मूल्य : तीन सौ रुपए
मुद्रक : आर–टेक ऑफसेट प्रिंटर्स, दिल्ली चित्रांकन : **जावेद सरोश**

PHAILTI MUSKAN (CONTAGIOUS SMILE)
by Prof. Shaheena (Sarosh) Khan ₹ 300/- (PB) • US$@5
Published by **VIDYA VIHAR**
19, Sant Vihar (First Floor), Street No.2, Ansari Road, New Delhi-110002
ISBN 978-81-960864-9-7

फ़ैलती मुस्कान
Contagious Smile

*Dedicated to my grandson **Arsh.** My Shehzada who is a creative writer, at the tender age of 8 years.*

यह पुस्तक मेरे नवासे ***अर्श*** *को समर्पित है।*
मेरा शहज़ादा केवल 8 वर्ष की अल्प आयु में एक रचनात्मक लेखक है।

Preface

Contagious Smile

I have known Shaheena (Sarosh) Khan for more than three decades since we both worked on the program production side at All India Radio. She has been a humble person, an excellent producer, a good subordinate and a sympathetic superior. She also wrote scripts for her broadcasts, apart from participating in Radio programs and training young broadcasters and journalists. Poetry and broadcasting runs in her blood. She was born to an ace broadcaster and a world renowned Urdu poet Rifat Sarosh; for this reason poetry came naturally to her. She was groomed to become a 'broadcaster' since her childhood. She has good command over the language and writes equally well in Hindi and English. Urdu, being her mother tongue, comes naturally to her.

"Contagious Smile", is her second collection of poems (the first being "My Bouquet", 2004). The presented collection includes poems in Hindi and English. Poets descend to different levels of creativity due to deep feelings. Shaheena carefully uses word pictures to stir up evocative feelings. "Where is That Rainy Season?" read a few lines from the poem –

'My heart and my mind all stay empty, vacant and barren.
All my dreams and expectations stayed unfulfilled, unfinished.

प्रस्तावना

“फ़ैलती मुस्कान”

मैं शाहीना (सरोश) ख़ान को तीन दशकों से अधिक समय से जानता हूँ जब से हम दोनों आकाशवाणी में प्रोग्राम प्रोडक्शन साइड पर काम करते थे। वह एक विनम्र व्यक्ति, एक उत्कृष्ट निर्माता, एक अच्छी अधीनस्थ और एक सहानुभूतिपूर्ण वरिष्ठ रही हैं। उन्होंने रेडियो कार्यक्रमों में भाग लेने और युवा प्रसारकों और पत्रकारों को प्रशिक्षित करने के अलावा, अपने प्रसारित होने वाले कार्यक्रमों के आलेख भी लिखे। कविता और प्रसारण उनके ख़ून में दौड़ता है। एक स्वनामधन्य उर्दू कवि प्रसिद्ध प्रसारक रिफ़अत सरोश के घर पैदा हुईं; इस कारण कविता उन में स्वाभाविक रूप से आई। उन्हें बचपन से ही 'ब्रॉडकास्टर' बनने के लिए तैयार किया गया था। उनकी भाषा पर अच्छी पकड़ है और वह हिन्दी और अंग्रेजी में समान रूप से लिखती हैं। उर्दू, उनकी मातृभाषा होने के नाते, उन्हें स्वाभाविक रूप से आती है।

“फ़ैलती मुस्कान”, कविताओं का उनका दूसरा संग्रह है (पहला है; “माई बुके”, 2004)। प्रस्तुत संग्रह में हिन्दी तथा अंग्रेजी में कविताऐं शामिल हैं। कवि गहरी अनुभूति के कारण रचनात्मकता के विभिन्न स्तरों पर उतरती हैं। विचारोत्तेजक भावनाओं को जगाने के लिए शाहीना शब्द चित्रों का सावधानीपूर्वक उपयोग करती हैं। कविता "वो सावन कहाँ हैं?" की कुछ पंगतियाँ पढ़िये –

‘मन मस्तिष्क सब रीते के रीते।
देखूं पलट के, तो सन्नाटा घूरे।
स्वप्न सब रह गए; अधूरे के अधूरे।

I feel chocked to death in this open and fresh air of rainy season.'

The words live in the consciousness of the poet. One of her poems is "A Question?".

'desire of getting you, that craving for a touch.
This tough existence, - no waterholes, no shades.
Do you even know that I am a woman?'

There is a kind of tension in her poetry that perhaps emerges between reality and fiction. The tension between skepticism and lyricism, between the abstract and the real. In the poem "Prisoner in Heaven" Shaheena says,

'The stillness – scares me,
The perfection perplexes my soul.
The beauty is biting my being.
I pinch myself:
I do not want to become part of the scene.'

Poetry has been the product of the personal experience of the poet; but she uses 'poetic ambiguity'; which allows the reader to simulate with their own. This type of expression is found in most of her poems in this collection. Some of these are "Return of the Native", "Gazing Eyes", "I had forgotten", and so on. There is another fascinating thing in her poems; humanization of objects. Prominent among these are; "To The Forest Rest House" and "Drop".

Her poetry emerges between reality and imagination, but there is no confusion in what Shaheena wants to say. It is clear, the feelings are comprehensive, despite personal and close to life scenario; sympathy and synergy is evident. Many of her poems deal with the state of mind of women and their world. "That Woman", "Thy Name Is Woman", "New Woman", "Prisoner in Heaven", are notable examples.

साँस घुटे है सावन की इस खुली हवा में।'

शब्द कवि की चेतना में रहते हैं। उनकी कविताओं में एक कविता है, "एक प्रश्न"

'वो पाने की इच्छा, वो छूने के सपने,
कठिनतम ये जीवन, न पोखर न साये,
पाता है तुम्हें क्या, कि नारी हूँ मैं?'

उनकी कविता में एक तरह का तनाव मिलता है जो शायद यथार्थ और कल्पना के बीच से उभरता है। सारांश तथा वास्तविक के बीच, संदेह और गीतवाद के बीच का तनाव।

"स्वर्ग में क़ैदी" कविता में शाहीना कहती हैं,

'सन्नाटा- मुझे डराता है। पूर्णता-मेरी आत्मा को परेशान करती है।
सौंदर्य-मेरे अस्तित्व को काट रहा है।
मैं ख़ुद को चिकोटी काटती हूँ, मुझे नहीं बनना है, दृश्य का हिस्सा।'

कविता कवि की वैयक्तिक अनुभूति की उपज रही हैं; परन्तु वह 'काव्यात्मक अस्पष्टता' का उपयोग करतीं हैं; जो पाठक को अपने स्वयं के साथ अनुकरण करने की अनुमति देता है। इस तरह की अभिव्यक्ति इस संग्रह में उनकी अधिकांश कविताओं में देखने को मिलती है। इनमें से कुछ हैं "मूल निवासी की वापसी", "तकती आँखें", "मैं भूल चुकी थी", और इसी तरह की और कविताएँ। उनकी कविताओं में एक और आकर्षक बात है; वस्तुओं का मानवीकरण। इनमें से प्रमुख हैं; "वन विश्राम गृह के नाम" और "बूँद"।

उनकी कविता यथार्थ और कल्पना के बीच से उभरती है, लेकिन शाहीना जो कहना चाहती हैं उसमें उलझाव नहीं है कथ्य स्पष्ट है, भाव स्पष्ट हैं, निजता के बाद भी संवेदना में एक साधारणीकरण की अनुभूति होती है। उनकी बहुत सारी कविताएँ महिलाओं की मन स्थिति और उसकी दुनिया से संबंधित हैं। "वह महिला", "तेरा नाम स्त्री है", "नई औरत", "स्वर्ग में क़ैदी", उल्लेखनीय हैं।

I congratulate Shaheena on the publication of this poetry collection in Hindi and English. These poems should reach the readers and get their feedback.

With best wishes.

Somdutt Sharma

Broadcaster and Poet

मैं शाहीना को बधाई देता हूँ इस हिन्दी तथा अंग्रेज़ी के काव्य संग्रह के प्रकाशन पर। यह कविताएँ पाठकों तक पहुँचें तथा उनकी प्रतिक्रिया प्राप्त हो।

शुभकामनाओं सहित।

सोमदत्त शर्मा

प्रसारक और कवि

Acknowledgement

So, I am back with you this time with my bilingual poetry collection. First of all here I take the opportunity to acknowledge my parents for inculcating good values in me and adorning me with the precious ornament of education. I live by those values despite both of them being in their Heavenly abode. I acknowledge the strong, soft stream of supportive husband Irshad A Khan and our children Shazia and Ahmer along with their spouses Hamid and Shenaz. Arsh my grandson holds an exclusive place in my life.

I am indebted to Pawan Agrawal Ji, CEO Prabhat Prakashan and his team, who appreciated, supported and provided all possible infrastructure and published this bilingual poetry collection.

I thank my three siblings; Naved, Javed, Shabana for being there for me always since my childhood.

I thank my dear friends Sudha and Alka for supporting me come what may.

I thank everyone who crossed my life giving me pleasure and pain some of which transformed into these poems.

स्वीकृति

मैं इस बार अपने द्विभाषी कविता संग्रह के साथ आपके बीच वापस आ गयी हूँ। सबसे पहले मैं अपने माता-पिता को मुझमें अच्छे संस्कार डालने और मुझे शिक्षा के अनमोल आभूषण से अलंकृत करने के लिए धन्यवाद देती हूँ। उन दोनों के स्वर्गीय निवास में होने के बावजूद मैं उन ही मूल्यों से जीती हूँ। मैं अपने प्रोत्साहन देने वाले पति, इरशाद ए खान और हमारे बच्चों शाज़िया और अहमर के साथ-साथ उनके जीवनसाथीयों हामिद और शिनाज़ की मजबूत, कोमल धारा को स्वीकार करती हूँ। अर्श मेरा नवासा मेरे जीवन में एक विशेष स्थान रखता है।

मैं श्री पवन अग्रवाल जी, सी.ई.ओ. प्रभात प्रकाशन और उनकी टीम की ऋणी हूँ, जिन्होंने इस द्विभाषी कविता संग्रह की सराहना की, समर्थन और हर संभव बुनियादी ढांचा प्रदान किया और प्रकाशित किया।

मैं अपने तीन भाई-बहनों को धन्यवाद देती हूँ; नवेद, जावेद, शबाना बचपन से हमेशा मेरे साथ रहे।

मैं अपनी मित्रों सुधा तथा अल्का की ओर आभार प्रकट करती हूँ, जिन्होंने हर परिस्थिति में मेरा साथ दिया।

मैं उन सभी को धन्यवाद देती हूँ; जिन्होंने मुझे प्रसन्नता और दर्द देते हुए मेरे जीवन को सार्थक किया, जिनमें से कुछ इन कविताओं में तब्दील हो गए।

Contents

अनुक्रम

That Woman

Have you noticed her up the street?
Wrapping herself, exposing for need.

Carrying the baby, begging to feed.
Fixing the meals, so all good eat.

A clever fox, a mute cow,
A seductive lover, a shy bride,
A caring mother, a contriving wife,
An obedient daughter, a sister to guide.

There she is in –
All shapes and shades,
All sizes and circumstances,
All homes; big or small, little or large.

Carrying the bags, driving the car,
Breaking stones; to be at par.
A: beast of burden,
A: fading star.

There she is –
All over the place
She must work to save herself, her face.

वह महिला

क्या आपने देखा है उसे? गली के छोर पर,
तन को लपेटे, आवश्यकतानुसार दर्शाते?

बच्चे को चिपटाए, भीख माँगती।
खाना बटोरती, ताकि सब खा पाएँ।

चालाक लोमड़ी, मूक गाय,
रिझाती प्रेमिका, शर्माई दुल्हन,
ममतामई माँ, षड्यंत्र रचती पत्नी,
आज्ञाकारी बेटी, राह दिखाती बहन।

वह है वहाँ...
हर रूप में, हर रंग में,
हर आकार में, हर परिस्थिति में।
बड़े छोटे, ऊँचे नींचे, सब घरों, सब मकानों में।

झोला उठाए, गाड़ी चलाती,
पत्थर तोड़ती, समानता पाने की इच्छुक।
बोझा ढोती डंगर,
धुँधला, धीमा पड़ता तारा।

वह है वहाँ...
हर जगह, हर मोड़ पर, काम करना है उसे,
अपने अस्तित्व को, बचाने के लिए।

An object of much desire,
Easily set on fire.

Rape, Kill, Murder, Molest.
Or; if he chooses; for incest.
He knows how to use her best.
She must provide a place for rest.

Hey!
Just listen to her soundless cries.
The way you treat her, She slowly dies.

A father,
A brother,
A husband,
A son –
All inflict injury, have fun.

A lover pretends,
A husband demands,
A father disowns,
A son commands.

Give her a break,
She too is human;
Give her a chance.
She too has rights.

She too wishes –
To romance and dance.
Have you notice her up the streer?

इच्छाप्राप्ति की वास्तु,
बेहिचक फूँक दी जाने वाली।

छेड़ो, मस्लो, बलात्कार करो, मार–डालो।
हत्या करो, बाप भी बेटी पर हाथ–डालो।
मर्द जो चाहे करो।
औरत तो आराम का सामान है।

अरे!
जरा सुनो, उसका बेआवाज़ रोना।
तुम्हारे बर्ताव से, वो तिल–तिल मर रही है।

बाप, भाई, पति, पुत्र,
सब देते हैं आघात, मज़ा लेते हैं।

प्रेमी–ढ़ोंग करता है, पति–माँग करता है।
पिता–छोड़ देता है, पुत्र–आज्ञा देता है।

अरे उसे मौक़ा दो, उसे स्थान दो।
वह भी इंसान है, उसके भी अधिकार हैं।

वह भी इच्छुक है कि;
नाचे, गाये, जीवन प्रेम–लीला करे।

क्या आपने देखा है उसे गली के छोर पर?

□

Where Is That Rainy Season?

Cham Cham, pita pata rain drops.
Jham Jham, singing musical rain drops.
So much excitement in that sound.
Buddies, friends, brothers and sisters;
That priceless precious, fun and frolic.
Swings hanging from trees, fried "pakodas".
Young boys gathered at the end of the street.
I was particularly impressed by Lajo's brother.

Overcast dark cloud of the rainy season.
That evening, terrace the rendezvous point.
With; panting heart and roaring clouds.
He held my hand and snatched my dress.

That clouds - thundering and lightning.
That soil fragrance, that laughter of friends.
Where is that rainy season? That careless youth?
Drenched dress, soul stirring music and songs?

That stormy rain : Cham Cham, Jham Jham
Dham Dham, defening: Dhama Dham, Dhama Dham.....
Lost virginity, pelting rain water, and end of the story.
Lost everything; with absolutely no profit or gain.....

वो सावन कहाँ हैं ?

छम छम छम छम,
झम झम झम झम।
कौतूहल था, इस स्वर में तब।
सखी सहेली, भैय्या बहना,
हर्ष ओ उल्लास का था क्या कहना।
झूले पड़े थे, पकोड़े तले थे।
गली के छोर पे जो लड़के खड़े थे।
लाजो के भैय्या हमें लगते भले थे।

सावन में काले जो बादल घिरे थे।
उसी शाम को छत पे नैना लड़े थे।
धड़कता था जियरा कड़कता था बादल।
पकड़ली कलाई, न छोड़ा था आँचल।

वो बिजली कड़कना वो बादल बरसना।
वो सौंधी सी ख़ुशबू वो सखियों का हँसना।
कहाँ है वो सावन, वो अल्हड़ जवानी।
भीगी चोली, गीत मनभावन, बरसता वो पानी।

छम छम छम छम, धम धम धम धम।
धमा धम धमा धम; उजड़ गई जवानी।
बरसता वो पानी, ख़तम बस कहानी।
सबकुछ खोया, कुछ भी न पा कर।

Where is that rainy season? That; careless youth?

Twenty long years; past with no achievement, no procurement.

Only this heart kept craving for the unfaithful young man.

My blood soaked feet stayed stagnant.

My heart and my mind all stayed empty, vacant and barren.

All dreams and expectations stayed unfulfilled, unfinished.

I feel chocked to death in this open and fresh air of rainy season.

All that lovely dresses, decking –up, makeup and attire – all gone.

That evening from my past, flashes vibrantly in my heart and mind.

All those promises of love and liking stayed false and annoying.

Those dark saturated clouds had to burst on me only?

My eyes rain in the scorching heat of the burning afternoon.

For me rainy season turned into hot summer forever and ever.

My eyes rain and rain : Cham Cham, Jham Jham

Cham Cham, Jham Jham.

□

वो सावन कहाँ है ? कहाँ है वो सावन ?
बरस बीस बीते, भाग रीते के रीते।
लहू लुहान क़दम, न उठपाए कभी।

सावन भी आया, पानी भी बरसा।
परन्तु ये दिल रहा, तरसा का तरसा।

मन मस्तिष्क सब रीते के रीते।
देखूँ पलटके, तो सन्नाटा घूरे।
स्वप्न सब रह गये; अधूरे के अधूरे।
साँस घुटे है सावन की इस खुली हवा में।

चटक मटक, सोलह सिंगार सब।
अतीत की वो शाम सुहानी...
कौंधा करती है, हर दिन,
मन मस्तिष्क में...
प्रेम के सब वो, वादे झूठे।
घनेरे वो बादल, हमीं पे ही टूटे।

बरसते हैं नैना, ठेठ दुपहरी की तपिश में।
सावन जो बदला था; ग्रीष्म ऋतु में।
बरसती हैं आँखें; झम झम झमा झम
झम झम झमा झम, झम झम झमा झम।

□

A Question

Do you even know that I am a woman?
Are you even aware of my existence?
I am; Chocking bit by bit, melting moment by moment?
Do you even know that I am a woman?

That desire of getting you, that craving for a touch.
This tough existence, – no waterholes, no shades.
Do you even know that I am a woman?

That claustrophobic life, that imagining dreams.
That building castles in the air and destroying.
Do you even know that I am a woman?

That ruckus at work, that leg pulling with the neighbor.
Milkman's morning arrival, domestic maid's absence.
Uniform of the little son, books for our little daughter.
Does family life, companionship only mean this?
Do you even know that I am a woman?

My expectations, faithfulness, chocked desires....
I wish to dress up and deck up, be with you all dolled up.

एक प्रश्न

पाता है तुम्हें क्या कि नारी हूँ मैं?
मेरे अस्तित्व का आभास है तुम्हें?
तिल तिल घुटने, क्षण क्षण पिघलने का ज्ञान है तुम्हें?
पाता है तुम्हें क्या, कि नारी हूँ मैं?

वो पाने की इच्छा, वो छूने के सपने,
कठिनतम ये जीवन, न पोखर न साये,
पाता है तुम्हें क्या, कि नारी हूँ मैं?

वो घुट घुट के जीना, वो सपने सजाना,
वो मंडप बनाना, बना के गिराना,
पाता है तुम्हें क्या, कि नारी हूँ मैं?

वो दफ्तर की हड़ हड़, पड़ौसी की खड़ खड़,
दुधिए की आमद, बाई का न आना,
छोटू की वर्दी, गुड़िया की पुस्तक,

बस यही है क्या जीवन? क्या जीवन यही है?
पाता है तुम्हें क्या, कि नारी हूँ मैं?

उम्मीदें वफ़ाएँ, घुटी कामनाएँ,
सज के, संवार के, तेरे पास जाएँ,

Yearn crave, long and urge you that I decorate all this for you.
Do you even know that I am a woman?

□

कभी तो तुम्हें हम ये बता पाएँ,
तेरे वास्ते ही हैं, हम ये दुनियां सजाये,
पाता है तुम्हें क्या, कि नारी हूँ मैं?

□

Is It 'Qayamat'?

Just born – out of the womb... crying.
Infant for want of care, hungry... crying,

Neglected children, Crowded brothels,
Unsatisfied youth, Raped sisters,
Beaten up mothers, Abused grand-pa,....

Images of harassed human beings,
Dance in the brain trouble my eyes.

Images get larger than life.
Overpower the brain, shatter the heart.
Kill the conscience, stupefy the soul.

Human forms---
Shameless, Ruthless, Rude, Reticent.
Rise and rise----
    Is it 'Qayamat'?
    Is it the beginning of the end?
        I wonder.!!!

□

क्या ये क़यामत है ?

अभी अभी गर्भ से जन्मा, रोता हुआ।
देख भाल का इच्छुक शिशु, रोता हुआ।

उपेक्षित बच्चे, भरे हुए कोठे,
असंतुष्ठ युवा, बलात्कार की शिकार बहने।
पीड़ित मातायें, उत्पीड़ित बुज़ुर्ग,
पत्थर तोड़ती महिलाएँ, बोझा ढोते बालक।

शोषित इंसानों की छवियाँ, नाँचती हैं मेरे मस्तिष्क में।
आँखों को तंग करती हैं, दिल को परेशान करती हैं।

यही छवियाँ, वास्तविकता से भी बड़ी हो कर,
मस्तिष्क पर हावी हो जाती हैं।
दिल के टुकड़े टुकड़े कर देती हैं।
हत्या कर देती हैं, अन्तर्चेतना की।

आत्मा को अपंग कर देती हैं।
सभी शक्तियों को क्षीण कर देती हैं।

मानव आकृतियाँ—निर्लज निष्ठुर,
ऊँची और ऊँची उठती जाती हैं।
क्या ये क़यामत है ?
क्या यही आरंभ है अंत का ?

मैं हैरान हूँ !!!

□

Gazing Eyes

Far from the maddening crowd,
Sitting in a corner: my gazing eyes.
On the road side,
Weak, withered, hunchback human form;
Dragging his heavy feet.

Whose grandfather is he? Where are his children?
Where have his friends from youthful days disappeared?
No caring wife, no loving daughter.
No siblings, no school-mates.

Only; the lorry driver honking at him.
Dirty urchins poking fun at him.
Passers by unattached, Tidily dressed repulsed,
All brushed pass.

On the road side,
Weak, withered, female human form;
Golden, long entangled locks of hair Flying in the air.....
Torn cloths, half naked, blood oozing.
Running insanely from here to there.

Whose daughter is she? Where is her family?
Where have her companions and mates vanished?

तकती आँखें

पागल कर देने वाली भीड़ से दूर,
कौने में बैठी/मेरी तकती आँखें हैरान!
सड़क किनारे,
कमज़ोर, कुहमलाई,/कुबड़ी मानव आकृति;
भारी क़दम खींचती हुई।

ये किस के दादाजी हैं? इन के बच्चे कहाँ हैं?
इन के जवानी के साथी/कहाँ ग़ायब हो गए?
न कोई देखभाल करने वाली पत्नी,/न प्यार करने वाली बेटी,
न कोई बहन–भाई,/न स्कूल के संगी–साथी।

केवल; लारी चालक/भोंपू बजाता,
गन्दे–ग़लीज़ बच्चे/खिल्ली उड़ाते,
राहगीर बेख़बर, / साफ़ पोशाक़–धारक–घिन करते,
सब गुज़र जाते हैं।

सड़क किनारे,
कमज़ोर, कुहमलाई, नारी आकृति;
लम्बे सुनहरे उलझे बाल, हवा में उड़ते,
फटे कपड़े, अधनँगी, ख़ून बहता,
बावली सी इधर–उधर भागती।

ये किस की बेटी है? इस का परिवार कहाँ है?
इस के संगी–साथी/कहाँ लुप्त हो गए?

No brother – sisters, no school-mates.
No caring husband, no loving son.
Where are the custodians of justice?

Only; the lorry driver honking at her.
Dirty urchins poking fun at her.
Passers by unattached, Tidily dressed repulsed,
All brushed pass.

My gazing eyes
Search for that Motherland of mine:

Where love was the way of life.
Where 'Shravan Kumar' was there for parents.
Where Krishan was there for Sudama.
Where Nal was there for Damyanti.
Where love-play, fun and frolic reigned.
Where peace, security slogans echoed.

Far from the maddening crowd,
Sitting in a corner: my gazing eyes
Are restless vexed!
Observing with stony eyes –
Our withering culture,
Our dissipating civilization.
Wolfs tearing apart the dead body of our decency;
Dragging it towards the dark, deep, thick forest.

I :
Crying with bloody tears, Only gathering my courage;

न कोई बहन–भाई, न स्कूल के संगी–साथी।
न कोई देखभाल करने वाला पति,/न प्यार करने वाला बेटा।
क़ानून के ठेकेदार कहाँ हैं?

केवल; लारी चालक/भोंपू बजाता,
गन्दे–ग़लीज़ बच्चे/खिल्ली उड़ाते,
राहगीर बेख़बर,/साफ़ पोशाक़–धारक घिन करते,
सब गुज़र जाते हैं।

मेरी तकती आँखें, तलाश करती रहती हैं
अपनी उस मातृभूमि को;

थी प्रीत जहाँ की रीत सदा,
था श्रवण कुमार; माता पिता के लिए,
थे कृष्ण; सुदामा के लिए,
था नल; दमयंती के लिए,
जहाँ रास लीला, आमोद प्रमोद
मंगल जयकारा, चहूँ–ओर गूँजता था।

पागल कर देने वाली भीड़ से दूर,
कौने में बैठी मेरी तकती आँखें
हैरान! परेशान!
घूर रही हैं; छिनभिन होती सभ्यता को,
लुप्त होती; मानवता को,
शालीनता की लाश को; भेड़िये भंभोड़ते हुए,
घसीट रहे हैं; बीहड़ जंगल की ओर।

Have surged forward – alone, unarmed.

Will you hold my hand? Will you walk with me;
To liberate our humanity from these wolfs?

Far from the maddening crowd,
Sitting in a corner:
My gazing eyes have given up amazement
Have now activated and become dutiful.

□

मैं,
रक्त नयनों से टपकती,/ केवल अपनी हिम्मत संजोये,
बढ़ चली हूँ मैं; लड़ने को, अकेली निहत्थी,

तुम थामोगे मेरा हाथ, क्या चलोगे मेरे साथ ?
इन भेड़ियों से मानवता को मुक्त कराने।

कौने में बैठी मेरी तकती आँखों ने अचंभा छोड़ दिया
अब कर्तव्य परायण और कर्मशील हो चुकी हैं।

□

Waiting

Life has just boiled down to waiting.
I have become what I never imagined.

I gaze at everything with longing and desire.
All wishes, all aspirations have become a thirst.

You will agree to my pray, will agree to what I say.
All the time, with each heartbeat I desire and I pray.

The storm of time blew hard and turned harder.
Everything, all objects moved ahead, I lagged behind.

Now WhatsApp message will come, now phone will ring;
Helplessness and dejection settled in day and night.

□

प्रतीक्षा

ज़िन्दगी इक प्रतीक्षा बन के रह गई।
जो कभी सोचा न था; वो हाल बन के रह गई।

तकती हूँ हर इक चीज़ को मेहवेयास मैं।
हर तमन्ना, हर ख़्वाहिश, इक प्यास बन के रह गई।

तुम मानोगे मेरी दुआ, मेरी बात मान जाओगे।
हर समय दिल की धड़कनों में बस के रह गई।

वक़्त की आंधी चली, तेज़; तेज़तर होती गई।
हर वस्तू, हर चीज़, बढ़ गई आगे, मैं पीछे रह गई।

अब आएगा WhatsApp Message, अब बजेगा फोन मेरा।
बेबसी और निराशा, रात-दिन घर करती गई।

□

My Father

I need to enquire from that person : my father:
Why do you not love me as you do to my sibling?

I am a little girl, of your home courtyard;
Why do you not love me as you do to my sibling?

My brother drinks milk, there is tea for me.
My brother is pampered, and I get scoldings.

My brother goes to school, laundry washing I do.
Ah, how much I cry longing to go to school.

I am a scared girl, of your home courtyard;
Why do you not love me as you do to my sibling?

In my marriage rites, that you performed:
Why did you give me away deprived of education?

I am a delicate girl, of your home courtyard;
Why did you not love me as you did to my sibling?

Dear father, now I have achieved the degree of Motherhood.
Dear father, now I am mother to a son and a daughter.

मेरे पिता

वो जो मेरे बाबा हैं, पूछना है ये उनसे
प्यार क्यों नहीं करते, आप मुझको उनका सा ?

आप ही के आँगन की, एक छोटी बच्ची हूँ;
प्यार क्यों नहीं करते, आप मुझको उनका सा ?

दूध पीता है भईय्या, चाय मुझ को मिलती है
लाड पाता है भईय्या, डाँट मुझ को मिलती है।

स्कूल जाता है भईय्या, कपड़े धोती हूँ मैं।
हाय स्कूल जाने को, कितना रोती हूँ मैं।

आप ही के आँगन की, एक सहमी बच्ची हूँ;
प्यार क्यों नहीं करते, आप मुझको उनका सा ?

वो जो मेरा गौना था, उसमें आपने मुझ को,
शिक्षा-आभूषण से वंचित,यूँ ही विदा क्यों किया ?

आप ही के आँगन की, एक कोमल बच्ची थी;
प्यार क्यों नहीं दिया,आपने मुझको उनका सा ?

मातृत्व की पदवी, अब मैं पा चुकी बाबा;
पुत्र-पुत्री की माँ, अब मैं बन चुकी बाबा।

These children dive in the unfathomable ocean of knowledge.
Both of these children get same kind of love and affection.

My daughter gets love and attention as my son gets.
How and Why should we differentiate in son and daughter?

A daughter is a blessing: my father never realized.
Why could he not identify the pain in my heart?

A woman : as a mother, daughter, sister, wife
Enriches every nook and corner of the society.

Every father must remember; daughter is an ocean of love.
This delicate relationship enlightens home and hearth.

I was a delicate little girl, of your home courtyard;
Why did you not love me as you did to my sibling?

□

ज्ञान के अथाह सागर में ग़ौते खाते ये बच्चे;
इक समान हैं दोनों; प्यार पाते ये बच्चे।

बेटी मेरी पाती है; प्यार बेटे के जैसा।
पुत्र-पुत्री के बीच; फ़रक़ करें कैसा ?

बेटी एक नेमत है; मेरे बाबा ना जाने।
मेरे मन की पीड़ा को; क्यों नहीं वो: पहचाने ?

माँ, बेटी, बहन, पत्नी बन कर स्त्री;
भर देती है; समाज का हर कोना-गौशा।

याद रहे हर बाबा को; बेटी प्रेम का सागर है।
इस कोमल बंधन से घर-आँगन उजागर है।

आप ही के आँगन की; एक कोमल बच्ची थी।
प्यार क्यों नहीं दिया,आपने मुझको उनका सा ?

□

In Your Name

O death, I was scared of you for five decades of my life
maybe more than that.
If I die then this will happen, if I die then that will
happen.

But you came stealthily, no letters, no messages.
Just appeared fearlessly, my scarf snatched away.
When I was silenced, I had just opened my lips to say
his name.

O death you overpower my soul :
Heart beat, breathing: Everything stopped.
Utter chaos ensued, tears rolled down his cheek.

With loving care, my heavy dead body,
washed and cleaned, wrapped in the coffin,
was layed to sleep in the womb of the earth.

But; my dear ones, my loved ones
I have to say this to you:
death is nothing but just a parting of
the soul from the body.

तुम्हारे नाम

ऐ मौत मैं तुझ से डरती रही, उम्र के पाँच दशक
शायद उस से भी अधिक।
ये होगा जो मैं मर गई, वो होगा जो मैं मर गई।

तू चुपके से आगई, न चिट्ठी न पतरी।
प्रकट बस हुई यूँ ही; बेधड़क, मेरी चुनरी गई सरक।
बन्द हुए बोल जब; उनका नाम लेने को खोले थे लब।

ऐ मौत तूने क़ब्ज़ कर ली रूह मेरी
दिल की धड़कन श्वाँस सब रुक गई।
त्राही त्राही मची; उनके गालों पे आँसू गए थे ढलक।

मेरे बोझल से शव को, स्नेह दुलार से,
साफ़-सुथरा बना, कफ़न को उढ़ा,
धरती की कोख में, दिया था सुला।

मगर; मेरे प्यारों, मेरे स्नेहशील दुलारों
तुम से कहना है ये;
मौत कुछ भी नहीं; बस इक बिछड़ना है
रूह का जिस्म से।

My soul is everlasting, never dying.
Death cannot do anything to it.
Everything is the same, all unchanged.
You are the same, I too am the same.

You call me by my that same name.
Talk to me in that very same style.
This glimpse of your sadness doesn't suit me.

I have only vanished from your eyes,
just take a look at the veins of your brain.
I am alive, in that very own style of mine.

Death is only a small accident.
It cannot separate me from you.
I am alive: every moment, every second.

In the laughter of children, in the tender leaves of trees,
in the swaying drafts of wind, in the pleasing fragrance of soil;
that is covering my grave.

Come; I am awaiting you...
Come......

□

मेरी रूह, अजर है, अमर है।
मौत उसे कुछ भी कर सकती नहीं।
सब कुछ वही, वैसा ही है
तुम भी वही, मैं भी वही।

तुम पुकारो मुझे मेरे उसी नाम से।
मुझ से बातें करो उसी अंदाज़ में।
ये दुख की झलक मुझ को भाती नहीं।

मैं सिर्फ़ आँखों से ओझल हूँ।
अपने मस्तिष्क की कोशिकाओं में इक नज़र तो फ़िराओ,
मैं जीती हूँ, अपने उसी अंदाज़ में।

मौत एक छोटा सा हादसा है,
मुझको तुम से अलग कर सकता नहीं।
मैं जीती हूँ : हर पल, हर क्षण।

बच्चों की किलकारियों में, वृक्षों की कोंपलों में,
पवन के झकोरों में, मिट्टी की सौंधी-सौंधी ख़ुशबू में
जो मेरी क़बर पर पड़ी है।

आओ; मैं मुन्तज़िर हूँ तुम्हारी...
आओ...

□

I Had Forgotten

Morning comes with the crowing of the rooster,
I had already forgotten.
Morning is a chirping knock by Bulbul, Maina, Koel,
I had already forgotten.

Unpleasant, out of tune bell of the janitor.
Now declares coming of the morning.
Milkman does not visit homes –
Now helpless gentleman queues up, hanging the milk-pot.

Exercise, oil massage, 'Halwa-Puri' delicious snacks–
Now who cares for it.
Cellular phone all pervading, takes care :
Now it solves all problems.

Now gesturing, peeping from the window shades is out of date.
Now One-night stand; is prevalent, so convenient.

No romance, no love dance there is nothing special now.
Now one romantic glance, a gesture does not cause ripples in the body.

I had forgotten the meaning of caressing touch.
Now in his first touch, my four decades returned.

□

मैं भूल चुकी थी

सुबह मुर्ग़े की बांग से होती है,
मैं भूल चुकी थी।
सुबह बुलबुल, मैना, कोयल की कूक का दस्तक है;
मैं भूल चुकी थी।

सफ़ाई करमचारी की बेसुरी घन्टी:
हर सुबह का ऐलान जो करती है अब।
दूधिए–घोसी घर–घर नहीं आता है अब।
असहाय साहब; डोल हिलाता; क़तार में लगता है अब।

व्यायाम, तेल मालिश, हल्वा–पूरी, पकवान :
कौन करता है अब ?
cellular phone ही तो; हर मसले का:
समाधान करता है अब।

झरोखे से इशारे, ताक–झांक का रिवाज कहाँ अब ?
one-night stand से; काम जो चल जाता है अब।

न रस है, न रास, बात कुछ भी नहीं ख़ास अब।
एक नज़र के इशारे से बदन झुरझुराता नहीं अब।

लम्स का अर्थ तक भूल चुकी थी मैं अब।
4 दशक लौट आए, प्रथम स्पर्श जो उसने किया अब।

□

Pretentious Friends

My destroyers met me under the garb of friendship.
Have you ever met those who stay faithful?

That hand of hope, did not maintain honesty.
In this era, who comes running for your aid?

I had loved you, but was oblivious of the fact,
you would never come; receiving my message.

All flustered, disheveled, teary eyes, tangled hair,
you abandoned me, never cared to look back.

If you call me, I would reach immediately, instantly.
You just give me a call, oh dear call me so far.

My Falcon heart will soar high immediately.
Sitting and hoping a knock from you oh loved one.

□

बनावटी दोस्त

दोस्त बन बन के मिले मुझ को मिटने वाले।
तुमने देखें हैं कभी साथ निभाने वाले?

हाथ जो आस का था, पास नहीं रख्खा उसका।
इस ज़माने कहाँ, दौड़ के आने वाले?

मैंनें चाहा था तुम्हें, इल्म नहीं था लेकिन,
मेरे पैग़ाम पे हो, तुम नहीं आने वाले।

हाल बेहाल, आँख पुरनम, परेशां गेसू,
तुमने देखा ही नहीं, ओ छोड़ के जाने वाले।

जो बुलाओगे तो आजाएँगे; फ़ौरन, यकदम।
फ़क़त आवाज़ तो दो ओ दूर बुलाने वाले।

दिल का 'शाहीन' परवाज़ करेगा यकदम।
उम्मीद-ए-दस्तक पे बैठे हैं तेरे चाहने वाले।

□

That One Person

That one person; who keeps wooing me.
He walks around protecting himself very well.

That one thing you never said to me.
He goes on spreading the same thing to everyone.

It was a cruel time, and we could not be united.
He continues moving around keeping it in heart.

That one; who sheds tears of separation all night.
All sorrows are hidden under the cover of the day.

It's another matter that he doesn't care about me.
He is a person who goes around convincing everyone.

I shed tears in his memory.
It is true that every sorrow is hidden.

He is like a soaring 'Shaheen' on those mountains.
He wanders without me in the bosom of beautiful valleys.

□

वो एक शख़्स

वो एक शख़्स जो मुझ को लुभाए फिरता है।
बड़े सलीक़े से दामन को बचाए फिरता है।

वो एक बात जो तूने कभी कही नहीं मुझ से।
उसी इक बात को सब में उड़ाए फ़िरता है।

सितम-ज़रीफ़िए वक़्त थी, कि मिल न सके।
उसी इक बात को दिल से लगाए फिरता है।

तमाम रात जो आँसू बहाए जाता है।
वो दिन की ओट में हर ग़म छुपाए जाता है।

ये और बात है कि परवाह नहीं उसे मेरी।
वो एक शख़्स जो सब को मनाए फिरता है।

मैं उस की याद में आँसू बहाए जाती हूँ।
ये सच है कि हर ग़म छुपाए जाती हूँ।

वो एक 'शाहीन' की मानिंद उन पहाड़ों पे।
हसींन वादिओं के दामन में, मेरे सिवाए फिरता है।

□

White Night

The day is bright, the night is dark.
This is the law of creation, this is the process.

Sometimes things happen even against the rules of Nature.
In a Russian city, Leningrad; this happens quite often.

In the summer, in that city, until ten o'clock at night,
The sun is golden; the night is full of light.

The Sun dances, it swings on the waves of the 'Neeva'.
That carefree Sun whirls on the branches of the trees.

The sunlight chirps, like an intoxicated humming bird,
Breaking the quiet veil of night, the sun rays smile.....

Their laps filled with the smiles of the night Sun,
Women, men, children, elders, hum songs of love,

The Sun blossoms gold and silver buds on the waves of 'Neeva'..
The Sun brightens up the white night of Leningrad...

सफ़ेद रात

दिन होता है उजला, रात अँधेरी होती है।
सृष्टि का ये नियम है, यही प्रक्रिया होती है।

कभी कभी नियमों की भी, ख़िलाफ़-वर्ज़ी होती है।
लेनिनग्राड; इक रूसी शहर में, अक्सर ही ये होता है।

ग्रीष्म ऋतु में, उस शहर में, रात के दस बजे तक,
धूप सुनहरी होती है, रात उजाले से भरी होती है।

नृत्य करती है धूप, नीवा की लहरों पे झूलती है।
वो मस्त-मौला; पेड़ों की शाख़ों पे नाचती है।

किसी बाँवरे पँछी की तरह,चहचहाती है धूप,
रात की स्याही को तोड़ कर मुस्कुराती है धूप...

रात की धूप की मुस्कुराहटों से दामन भरे,
औरतें, मर्द, बच्चे, बड़े, प्रेम के गीत गुनगुना रहे,

नीवा की लहरों पे सोने-चाँदी सी कलियाँ खिलाती धूप...
लेनिनग्राड की सफ़ेद रात को शोख़ बनाती धूप...

The sun light giving a new dimension to the creation...
This is the charisma of Nature, what a beautiful form this is.

Then after ten at night, the darkness starts rustling.
It reveals it's form and innate nature to everyone.

Wearing a black sheet; darkness covers waves of the 'Neeva'.
Branches of the trees, dancing golden leaves, all of them:

As if losing their existence to darkness.
Dancing feet, swaying; singing voices, all become calm.

Scene changes: the law of creation comes in force.

Night, deep, black, motionless, silent, stock-still
Cruel darkness; pervades all sides, Nature merges into it.

But this dark night is not a break, it is a resting period.
A new dawn, a bright rising Sun of a new day;
Knocks, again on the horizon of life.
A working human becomes active again.
With full; enthusiasm and vigor once again.
White Night dances and swirls again.

□

सृष्टि को इक नया आयाम प्रदान करती धूप...
प्रकृति का ये है करिश्मा, ये है क्या सूंदर रूप।

फ़िर रात के दस के बाद, अंधेरा सरसराहट करता है।
रूप वो अपना, सब पर उजागर करता है।

काली चादर ओढ़े; नीवा की लहरों पे छा जाता है।
पेड़ों की शाख़ें, नाचती सुनहरी पत्तियाँ, सब की सब,

मानो स्याही में अपना अस्तित्व खोने लगती हैं।
थिरकते पॉव, झूमते गाते स्वर, शान्त हो जाते हैं।

दृश्य परिवर्तन, सृष्टि का नियम लागू रहता है।

रात, गहरी, काली, स्तब्ध, मौन, निष्चर,
निष्ठुर अंधेरा- चाहूँ ओर, प्रकृति उस में विलीन।

किन्तु ये अँधेरी रात, विराम नहीं, विश्राम है।
इक नई सुबह, नए दिन का उगता सूरज,
क्षितिज पर फ़िर दस्तक देता है।
कर्मशील मनुष्य फ़िर सक्रिय होता है।
पूरे जोश के साथ, एक बार फ़िर
सफ़ेद रात नाच उठती है।

□

Drop

I am the first drop of rain.
'Cham': I fell on the hot earth.
A sweet fragrance has arisen,
Upon this union, this meeting.

The thirsty plant is swinging.
Sweet season has arrived.
Young damsel's desires yawn,
Her heart starts to yearn.

'Sawan' rain activates her desirous heart.
Drowned in her lover's sweet talk,
She forgets her body and mind.
Look, how she is lost on the swing.

I am that first drop of rain.
Touching cheeks of the beloved,
Blooming flowers in the garden of the mind,
I am irrigating the earth so lovingly,
As if hugging is my religion.

बूँद

बारिश की मैं पहली बूँद।
'छम' से पड़ी ताप्ती धरती पर।
सौंधी-सौंधी ख़ुश्बू उठती है,
मुझ से मिल कर।

प्यासा पौधा झूम रहा है।
मधु-ऋतु आई।
गोरी के भी अरमानों ने,
ली अंगड़ाई।

सावन बरसा, मन है तरसा।
साजन की प्यार भरी बातों में,
डूबी सजनी, तन-मन भूली।
देखो तो झूले पे, कैसी है झूली।

बारिश की मैं वो हूँ बूँद।
सजनी के गालों को छू कर,
मन उपवन में फ़ूल खिला कर,
धरती को यूँ सींच रही हूँ,
मानो आलिंगन धर्म हो मेरा।

I am that drop of rain.
Seeing whom the child smiles,
Innocent child sways with elation.
Showers; sweet affection only on me.

Little bird filling me in its beak,
Makes the hatchling wet like this,
As if this small drop of rain
Has given gift of life to the bird.

I am that drop of rain;
Which has held the old banyan tree,
Given some respite, and comfort to it.
Given a little rest, and reassurance to it.

I am that drop of rain.
Who; desirous of meeting my soul-mate,
Traversed from the sky to the earth,
Forgetting presence of mind, loosing all senses...
The whole universe swings and dances.

I am a rain drop,
A drop of rain,
drop
drop
drop...

बारिश की मैं वो हूँ बूँद।
जिस को देख शिशु मुस्काता,
ख़ुशी से वो, झूम-झूम जाता,
स्नेह मुझ ही पर है उमड़ता।

छोटी चिड़िया चोंच में भर कर,
बच्चे को यूँ तर करती है।
मानों इस बूँद ने जैसे,
पंछी को जीवनदान दिया है।

बारिश की मैं वो हूँ बूँद।
कि जिसने बूढ़े बरगद को,
काफ़ी हद तक, थाम लिया है।
थोड़ा सा आराम दिया है।

बारिश की मैं वो हूँ बूँद।
कि जो अपने साजन से मिलने को,
आकाश से, धरती तक आ पहुंची,
सुध-बुध भूले, सभी इंद्रियाँ खोए,
सारी सृष्टि नृत्य करे, झूम के डोले।

बारिश की मैं इक बूँद-इक बूँद,
बूँद
बूँद
बूँद...

□

Heart

It beats, always in my side, always, every breath.
For sake of living, for drinking the honey of life.

This is what my heart and your heart does in each breath.
At every step, at every stage, life is decreasing bit by bit.

It has many forms, though it is only one heart.
Mother's heart, lover's heart, child's heart, enemy's heart.

Saw such a big one, throbbing strongly everywhere.
Her hands were raised, her lips sweet, like flowers.
Eyes sharp, vigilant; every word was full of love.
Praying for safety of her children in every breath.
It spoke up, I am mother's heart.

Saw another; dipped in honey, breathing deeply.
Sacrificing for lover-beloved; sprinkling affection.
Understanding desires, living in perfect harmony.
The outside world seemed to be non-existent.
Used to say only this, I am a lover's heart.

दिल

ये धड़कता है, मेरे पहलु में हमेशा, हर दम।
जीने की ख़ातिर, जीवन का शहद पीने की ख़ातिर।

यही करता है हर दम, ये मेरा दिल, ये तेरा दिल।
हर क़दम, हर गाम पे, घटती ज़िन्दगी तिल-तिल।

रूप हैं इसके कई, कहने को है बस एक दिल।
माँ का दिल, प्रेमी का दिल, बच्चे का दिल, दुश्मन का दिल।

एक देखा; इतना बड़ा, धड़ धड़ धड़कता, हर तरफ़।
हाथ थे उसके उठे, मीठे होंठ, फूलों की तरह।
नज़र पैनी, हर शब्द प्रेम से भरा।
ख़ैर माँगे हर साँस में, अपने बच्चों के लिए।
बोल उट्ठा मैं तो हूँ माँ का दिल।

एक देखा; शहद में डूबा हुआ, होले-होले साँस लेता।
अपने प्रेमी-प्रियसी पर; हर दम जान छिड़कता।
एक दूसरे की बात को; हर दम समझता।
बाहर की दुनिया से उसे न था मतलब कोई।
बोलता था बस यही, मैं तो हूँ प्रेमी का दिल।

Saw another: innocence oozing out of it.
No matter what anyone did, it never bothered.
All the time it stayed drenched in the rain of love.
The feeling was no less than the valley of love.
It just softly said; I am the heart of the child.

Saw a black one; Standing in the valley of hatred.
It's pitcher was full of sin and enmity.
It had nothing to do with love and affection.
Interested only in murder, looting, killing and arson.
Making loud noise: I am stone hearted.

It beats, in every body; Every moment, every breath.
The sign of life; of good or bad person; every moment.
It beats in me, every breath, each breath. Always.

□

एक देखा मासूमियत उसमें से टपकती।
किसी की भी कोई बात, उसको न खटकती।
प्यार की बारिश से रहता, ये सराबोर हर दम।
एहसास उसका प्रेम की घाटी से न था कम।
बुद बुदाता; मैं तो हूँ बच्चे का दिल।

एक देखा; नफ़रतों की काली घाटी में खड़ा।
पाप और दुश्मनी से भरा उसका घड़ा।
प्रेम और मौहब्बत से नहीं था कोई काम उसको।
बस हत्या, लूटपाट; आगज़नी से था सरोकार उसको।
शोर-ओ-ग़ुल करताः मैं तो हूँ संग दिल।

ये धड़कता है, हर जिस्म में; हर घड़ी, हर दम।
अच्छे बुरे हर शख़्स के जीने की अलामत हर दम।
ये धड़कता है मेरे पहलू में, हर दम हर दम। हर दम...

□

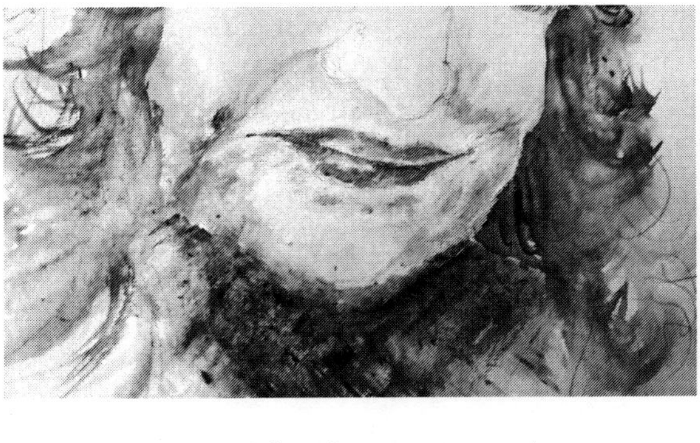

Truth of a Human-being

If I live then all exists.
If I die then all disappears.
For me that is the truth.
I was born alone, I walk alone.
I exist alone, I die alone.

They were rich and they were poor,
They were high and they were low,
They were big, and they were small,
They were mighty and they were humble,
They were glittery and they were dull.

There were tussles and there was no lull.
There were lynchings and there were burnings.
There were animals that saw no mercy.
There were forests that saw no caring.
There was earth exploited beyond repair.

Then came the 'Virus:' crowning in glory.
Then came the Virus shrouded in mystery.
An: unseen mass, a King like existence.
All powerful, all pervading; attacking and killing,
Invading and overpowering, that civilization so arrogant.

मनुष्य का सच

मैं जीवित हूँ तो सब है।
मर गई तो सब काफ़ूर।
मेरे लिए वही सत्य है।
अकेली पैदा, अकेली चलना।
अकेली जीना, अकेली मरना।

वो अमीर थे, वो ग़रीब थे,
वो ऊँचे थे, वो नींचे थे,
वो बड़े थे, वो छोटे थे,
वो सज्जन थे, वो घमंडी थे,
वो चमकीले थे, वो नीरस थे।

उनमें लड़ाई थी, उनमें झगड़े थे।
वो मारते-कूटे और जला देते थे।
उन्होंने जानवरों को निर्दयता से मारा।
उन्होंने जँगलों को बेदर्दी से काटा।
उन्होंने धरती माँ की कोख लूट डाली।

फ़िर आया ताज पहने : 'कोरोना वायरस'।
फ़िर आया रहस्य में डूबा 'कोरोना वायरस'।
प्रकट हुआ, रहस्यमयी, घातक कोविड-19
अति शक्तिशाली, रौंदता, खदेड़ता।
अभिमानी मनुष्य जाती पर, हावी पड़ता।

The King declared: go hiding in your homes;
Or else I shall choke you to death; you humans.

Let the sky become blue;
Let the rivers become clean.
Let the air be fragrant.
Let the trees be green.
Let the elephants stroll on the road.
Let the peacock dance in the lane.

Egotistic scared human went hiding in their homes.
They sat stuck to their cell phones, watched movies at home.
They cooked, ate, cleaned, played; huddled together at home.
They counted their blessings and prayed in gratitude.
A humbled, graceful reformed race.

Away from hate and ego, looking for new ways of life.
Looking for new hopes and new expectations; human race.
Adjusting to the new outlook of life; human race.

If I live then all exists.
If I die then all disappears.

This is the truth – the truth of a human-being.

□

ताजदार सम्राट ने घोषणा की: जाओ अपने घरों में घुस जाओ;
नहीं तो, हे मनुष्य तुम जान घुट-घुट के मरोगे।

आकाश नीला होने दो।
नदियों को साफ़ होने दो।
वायु सुगन्धित होने दो।
पेड़ हरे-भरे होने दो।
हाथियों को सड़क पर घूमने दो।
मोर को खुले में नाँचने दो।

भयभीत अहंकारी मानव, अपने घरों में दुबक गया।
सेल-फ़ोन से चिपक कर बैठ गया।
सब मिलकर, घर ही पर, खाना पकाते-खाते।
सब सर जोड़ कर टी. वी. सिनेमा देखते, साफ़-सफ़ाई करते।
सब मिलकर जीवन-संरक्षण करते, शुकर मानते।

अहंकार और घृणा से परे, नए जीवन के तौर-तरीक़े तलाशते।
नई आशाएँ और नई उमंगे खोजती; मनुष्य जाती।
जीवन को नए दृष्टिकोण में ढालती; मनुष्य जाती।

मैं जीवित हूँ तो सब है।
मर गई तो सब काफ़ूर।

यही सच है-मनुष्य का सच।

□

Prisoner in Heaven

Sitting in the chair,

A neat living room,
Complete with accessories.
A comfortable bed room,
Adorned with, choicest linen.
A fragrant bathroom, Complete with fittings.

Yes, it is my home,
Me sitting in that chair.
In the front lawn.

The lake spread out: till the mountains protect.
Even the sun is allowed to go down, behind the mountains,
Not into the water, that reflects it the whole day.
Countless trees, verities un-numbered,
Stand guard all around.

The flowers could not have more shades.
The grass carpet could not be greener.
The sky canopy could not be bluer.
The air could not be purer.
The picture could not be more perfect.

स्वर्ग में क़ैदी

कुर्सी पर बैठी मैं,

एक साफ–सुथरा रहने का कमरा,
सहायक उपकरण के साथ सजा हुआ।
एक आरामदायक सोने का कमरा,
सबसे अच्छे चादर तकिये बिछे हुए।
एक सुगंधित ग़ुस्लखाना, चमकदार फिटिंग के साथ।

जी, ये मेरा घर है,
मैं बैठी हूँ उस कुर्सी पर,
घर के सामने वाले बग़ीचे में।

झील फैली हुई पहाड़ों के रक्षक दामन तक।
सूरज को भी डूबने की इजाज़त है, केवल पहाड़ों के पीछे,
पानी में नहीं, जिस में पूरे दिन उसका प्रतिबिम्ब दिखता है।
अनगिनत पेड़, भिन्न भिन्न प्रकार के,
चारों ओर पहरा दे रहे हैं।

फूलों में इस से अधिक रंग नहीं हो सकते थे।
घास का क़ालीन इस से ज़ियादा हरा नहीं हो सका था।
आकाश की छत्रछाया इससे अधिक नीली नहीं हो सकती थी।
हवा इस से अधिक शुद्ध नहीं हो सकती थी।
चित्र इससे ज़्यादा उत्तम नहीं हो सकती थी।

Yes, it is my home,
Me sitting in that chair.
In the front lawn.

Day in and day out, The scene is the same,
Versions might change, for the better.

The stillness - scares me.
The perfection - perplexes my soul.
The beauty - is biting my being.

I pinch myself,
I do not want to become, Part of the scene.

Devoid of all activity, agility.
Exuberance, excitement, Tensions, commitments,
Meeting up deadlines,
Reviving dead connections.
Devoid of all.

Me sitting in that chair.
That very chair, in the front lawn.
A prisoner in heaven.

□

जी, ये मेरा घर है,
मैं बैठी हूँ उस कुर्सी पर,
घर के सामने वाले बग़ीचे में।

दिन-रात, दृश्य वही है,
बेहतर के लिए संस्करण बदल सकते हैं।

सन्नाटा-मुझे डराता है।
पूर्णता-मेरी आत्मा को परेशान करती है I
सौंदर्य-मेरे अस्तित्व को काट रहा है।

मैं खुद को चिकोटी काटती हूँ,
मुझे नहीं बनना है, दृश्य का हिस्सा।

सभी गतिविधियों, चपलता से रहित।
उमंग, उत्साह, तनाव, प्रतिबद्धता, से रहित।
समय सीमा को पूरा करना,
मृत कनेक्शनों को पुनर्जीवित करना।
सभी से रहित।

मैं उस कुर्सी पर बैठी हूँ;
उसी कुर्सी पर, घर के सामने वाले बग़ीचे में।
स्वर्ग में एक क़ैदी।

□

Return of The Native

At Sun-set, behind the snow clad ranges-
With tourists gone; ... tucked safely in city hotel.
How happy I am standing bare feet in forest grass.
Cool, Calm Caressing touch of the grass,
My very own hissing pines,
Never-ending, undulating meadow,
Friendly breeze engulfing, hugging me.
One with my very own, natural land;
Like the reassuring serenity of mother's Love.
The torment of long separation sinks down.
The agony of suffering surfaces.
A tear rolls down the cheek......
On to the grass- Mother Earth absorbs it.
A flower pops up,
 A shrub sways,
  A pebble rolls,
   A pinecone moves,
    My heart lifts up,
     The Nature dances.
Harsh times are gone, buried in History.
I am back with my flowers, my meadows, my trees.

□

मूल निवासी की वापसी

सूर्यास्त पर, हिमाच्छादित पर्वतमाला के पीछे—
पर्यटकों के जाने के बाद, जो शहर के होटल में सुरक्षित रूप से टिक गए।
मैं जंगल की घास में नंगे पाँव खड़ी कितनी ख़ुश हूँ।
घास का शांत, ठँडा, दुलारा स्पर्श,
मेरी अपने 'हिसिंग पाइंन' पेड़,
कभी न खत्म होनेवाला, लहरदार घास का मैदान,
मित्रवत हवा का झोंका, मुझे गले लगाता।
अपनी, प्राकृतिक भूमि के साथ; मैं एक हो गई।
माँ के प्यार की आश्वस्त शांति की तरह।
लंबी जुदाई की पीड़ा कम होती जाती है।
पीड़ित सतहों की पीड़ा उभर आई है।
एक आँसू गाल पर लुढ़क जाता है...
घास पर–धरती माता इसे सोख लेती है।
एक फूल खिलता है,
  एक झाड़ी हिलती है,
    एक कंकड़ लुढ़कता है,
      एक 'पाइन कोन' हरकत करता है,
        मेरा दिल खिल उठता है,
          प्रकृति नाचती है।
कठोर समय चला गया, इतिहास में दफन हो गया।
मैं अपने फूलों, अपने घास के मैदानों, अपने पेड़ों के पास वापस आ गई हूँ।

□

To The Forest Rest House

Hi Dear,
I need'nt ask- How are you?
You are covered with snow,
Overlooking a long, wide sheet of snow,
That once was- lush green – meadow of Gulmarg.

Year after Year my dear I visited you, and left.
Your warmth, affection, love and comfort were plentiful.
I took you for granted; year after year my dear.
You knew when I would visit you. Year after Year my dear.

A time: when the world was hostile to me.
Subjected me to sweltering heat,
Dust storms and heat waves.
I would visit you, my dear,
For that soothing caress,
Guarding belongingness.

You made the grass – grow for me.
You made the flowers – bloom for me.
You commanded the birds to - chirp for me.

वन विश्राम गृह के नाम

मेरे प्रिय

पूछने की ज़रूरत नहीं कि तुम कैसे हो?
तुम बर्फ में ढ़के हुए।
बर्फ की लंबी सफेद चादर को ऊपर से निहारते
जो कभी गुलमर्ग का हरा घास का मैदान था।

साल दर साल मैं तुम्हारे पास आती; और फिर छोड़ जाती।
तुम्हारा प्यार, दुलार, स्नेह, आराम मुझे ख़ूब मिलता।
साल दर साल मैंने तुम्हारा महत्त्व ही नहीं समझा।
साल दर साल तुम्हें ज्ञान था मेरे आने का।

जुब दुनिया विरोधी होती तब मैं तुम्हारे पास आती।
जब लोग मुझे तपती गर्मी में धकेलते, तुम्हारा साथ पाती।
जब धूप भरी आँधी, गर्मी की लहर झुलसाती।
तब मैं तुम्हारी गोद में विश्राम पाती।
प्रिय मैं तुम्हारे पास आती; सुखदायक देखभाल के लिए।
मैं तुम से मिलती रक्षा और अपनेपन का अहसास पाने।

तुम मेरे लिए हरी-हरी घास उगवाते,
तुम मेरे लिए सुंदर फ़ूल खिलवाते।
तुम पंछियों को आदेश देते कि; मेरे लिए चहचहाएँ।

You gave me peace and tranquility.
Year after Year my dear.

But Dear – All these years,
I was so full of me; myself.

In need; I would go to you.
In greed; I would stay with you.
For self; I would romance with you.
Satiated; I would leave you.

Year after Year, my Dear.
I would do that to you.

Year after Year; You welcomed me with open arms.
Decorated the skies, the air, the land for me....
Never complaining, Always looking,
Vibrant, welcoming, cozy for my visit.

Today –
I visit you unannounced.
Hi, Dear,
I need'nt ask- How are you?

You are almost buried in snow.
The hostile snow, covering you;
Your head, your arms, your torso.
Making your body numb, almost lifeless-
At first glance, at Gulmarg.

साल दर साल तुमने मुझे शांति और शांतचित्तता दी।
मेरे प्यारे।

परंतु उन सभी सालों में मैं;
ख़ुद अपने आप में ही भरी रहती थी।

आवश्यकतानुसार मैं तुम्हारे पास आती थी।
लालच में मैं तुम्हारे पास रहती थी।
आत्म संतुष्टि के लिए मैं तुम से प्रेम लीला करती।
तृप्त होकर मैं तुम्हें छोड़ आती।

साल दर साल मैं यही तो,
करती रही हूँ तुम्हारे साथ।

साल दर साल तुम खुली बाँहों से मुझे अपनाते।
धरती, आकाश, वायु सब मेरी ख़ातिर सजाते।
कभी कोई शिकायत ही नहीं करते।
सदा जीवंत, आरामदेह, मेरा स्वागत करते हुए।

आज मैं;
अप्रत्याशित मिलने चली आई।
मेरे प्रिय;
मुझे पूछने की आवश्यकता ही नहीं कि कैसे हो?

तुम बर्फ में धंसे हुए हो;
विरोधी बर्फ ने तुम्हें पूरा ढ़क रखा है।
तुम्हारा सर, हाथ, धड़ सब जकड़े हुए।
लगभग निर्जीव तुम्हारा जिस्म अकड़ा हुआ।
आज पहेली नज़र में, गुलमर्ग में मैंने जब तुम्हें देखा।

My Dear, Forest Rest House,
Today, I want to hold you in my arms,
Make you warm, caress you,
Give you the motherly hug
That will relieve you of all suffering.
Free you of the burden of snow,
Relive you of the biting chill,
At first glance, at Gulmarg.

But No,
You seem burdened, You look harassed,
Actually;
Your core is vital, Your spirit is warm.
Snow or sleet or rain,
For me, your love is just the same.

□

मेरे प्रिय वन विश्राम गृह;
आज मैं तुम्हें अपनी बाँहों में लेना चाहती हूँ।
तुम्हें दुलारना, गर्माइश देना चाहती हूँ।
वह मातृ आलिंगन देना चाहती हूँ।
कि जिसको पाकर तुम्हारा सारा कष्ट दूर हो जाए।
तुम इस बर्फ के भार में मुक्त हो जाओ।
इस ठिठुरती ठंड से मुक्त हो जाओगे।
यहाँ गुलमगे में आज पहली नज़र में मैं ये सोचती हूँ।

परंतु नहीं
तुम बोझल, कष्टप्रद केवल दिखते हो।
वास्तव में;
तुम्हारी आत्मा गर्म है, आत्मविश्वास से परिपूर्ण।
बर्फ, ओले, वर्षा कुछ भी हो
मेरे लिए तुम्हारा स्नेह सदा वही है।

□

Life Comes Full Circle

The full meaning of these four letters-
Elusive, attractive, romantic,
Laborious, heart, emotional,
Expectations, results, achievements.

All these, much more
Nothing can spell life

Life holds me spell bound
Day after day,
    Week after week,
            Month after month,
                    Year after year.

For fifty years
Now life comes full circle to me.

Mother taught me to talk,
I taught the little doll.
Now, she rectifies when if faultier.

जीवन चक्र पूरा हुआ

इन चार अक्षरों का पूरा अर्थ है—
मायावी, आकर्षक, 'रोमांटिक',
श्रमसाध्य, हृदय लुभावन, भावुक,
उम्मीदें, परिणाम, उपलब्धियां।

ये सब, और भी बहुत कुछ
जीवन को कुछ भी स्पष्ट नहीं कर सकता।

जीवन मुझे मंत्रमुग्ध कर देता है।
दिन प्रतिदिन,
सप्ताह दर सप्ताह,
महीने दर महीने,
वर्ष दर वर्ष तक।

पचास साल से लगातार—
अब जीवन मेरे लिए पूर्ण चक्र में आता है।

माँ ने मुझे बोलना सिखाया,
मैंने नन्ही गुड़िया को पढ़ाया।
अब, मेरी ग़लती होती है तो वो सुधार देती है।

Father taught how to walk
I guided the little cupid
Now – he holds my hand
When my steps reflect infirmity

At fifty, life has come full circle to me
And - the romance continues.

□

पिता ने चलना सिखाया,
मैंने छोटे कामदेव का मार्गदर्शन किया।
अब—वो मेरा हाथ पकड़ता है
जब मेरे कदम दुर्बलता दर्शाते हैं।

पचास की उम्र में,जीवन का चक्र पूरा हुआ—
और–रोमांस जारी है।

□

An Ode to A Husband

(An ode is a formal, often ceremonious Lyric poem that addresses and often celebrates a person, place a thing or idea. It is a Greek Language word meaning; 'Song.')

Two decades and seven years
The music began – still echoes in my ears.

Mother's womb, Father's lap,
Sister's affection, Brother's clap,
There it was; twenty four seven.

Years rolled on, Fresh views appeared,
Old ones receded. Childhood passed,
Youth took over. Horizons widened,
Ambitions flourished.

In the valley of thoughts, On a winged chariot,
Appeared an angelic face Unknown, distant, stray.

The glances were unknown, The eyes: deep-talking.
You appeared in my life, Took over, the whole affair.

ओड-पति के नाम

(ओड : संबोधन कविता होती है। विशेष अवसर के लिए या विशेष व्यक्ति या वस्तु को लक्ष्य कर लिखी गई कविता को ओड कहते हैं जो ग्रीक भाषा का शब्द 'गाना' के लिए है।)

दो दशक और सात साल
संगीत शुरू हुआ था—वह अभी भी मेरे कानों में गूँजता है।

माँ की कोख, पिता की गोद,
बहन की ममता, भाई की ताली,
हर दिन चौबीसों घंटे साथ रहा।

बरसों बीत गए, नए दृष्य नज़र आए,
पुराने हट गए, बचपन बीता,
यौवन ने पदभार सम्भाला क्षितिज विस्तृत हुए,
महत्त्वाकांक्षाएँ पनपीं।

विचारों की घाटी में, पंखों वाले रथ पर,
एक दिव्य चेहरा दिखाई दिया अनजान, दूर, भटका हुआ।

निगाहें अंजान थीं, आंखें : गहरी—बात करती हुई।
तुम मेरे जीवन में प्रकट हुए, संभाला, पूरा मामला।

All relationships receded, All precede and followed –
Just one – You dear husband.

The valley of thoughts: Appeared in reality,
You and I transformed into – We.

A little doll, our joy of life.
Her little steps, her innocent moves.
All revolved round her – twenty four seven.

Together we three, Entered the valley of flowers,
Of eternal bliss. Traversed - Time and Space.
A circular dance of us three.

A cute cupid, shot us all three.
He impressed us all,
The darling of us all three.

The joy of our lives – our daughter, our son.
The quorum is complete, dear husband.

The draft of fresh air; Became a fresh valley;
And now: - A whole Universe, In, two decades and seven years.

The music continues; dear husband.
Bless your daughter, hug your son.

सिमट गए सारे रिश्ते, सभी पहले और बाद के—
केवल एक—आप प्यारे पति।

विचारों की घाटी : वास्तव में दिखी,
आप और मैं—हम में बदल गए।

एक छोटी सी गुड़िया, हमारे जीवन का आनंद।
उसके नन्हें क़दम, उसकी मासूम चालें।
सब उसके चारों ओर घूमता था—चौबीसों घन्टे।

हम तीनों ने साथ में, फूलों की घाटी में प्रवेश किया,
शाश्वत आनंद का आभास हुआ। समय और स्थान से हम दूर निकल गए।
हम तीनों का गोल घूमता नृत्य।

एक प्यारा कामदेव, हम तीनों को मुग्ध कर गया।
उसने हम सभी को प्रभावित किया,
हम तीनों का लाडला बन गया।

हमारे जीवन का आनंद—हमारी बेटी, हमारा बेटा।
हमारे परिवार का 'कोरम' पूरा हो गया है, प्रिय पति।

एक ताज़ी हवा का एक झोंका; एक पूरी ताज़ा घाटी बन गया।
और अब—एक संपूर्ण ब्रह्मांड, दो दशक और सात वर्ष में।

संगीत जारी है; प्रिय पति।
अपनी बेटी को आशीर्वाद दो, बेटे को गले लगाओ।

And keep me somewhere around you
Twenty four seven, Only for the next-
Seven decades and two years.

□

और मुझे अपने आसपास कहीं रख लो।
चौबीसों घंटे, सातों दिन केवल अगले—
सात दशक और दो सालों के लिए।

□

When You are Near

When you are near, All else disappear.
When you are far, All else appear,
In their ugliest form. The tandav starts,
All round me.
Pulling, dragging me, Tossing from side to side.
Jeering, clenching teeth, Staring eyes, threatening fists.

Wherever I am, whatever I do, They follow, tease and torture me.
They know you are far, not near me.
All appear, in their ugliest form.

Wherever I am, whatever I do, I think of you, I miss you.
I am tense, I am scared, of the ugliness, round me.

The tandav is, all round me,
They dislike, damage, deface me.

Can you come and make them disappear,
Come and stay, so that they go away.

□

जब तुम पास होते हो

जब तुम पास होते हो; बाक़ी सब मिट जाता है।
जब तुम दूर हो जाते हो; बाकी सब दिखाई देने लगता है।
अपने सबसे भद्दे रूप में। तांडव शुरू होता है, मेरे चारों ओर।
खींचते हैं, मुझे घसीटते हैं। अग़ल–बग़ल उछालते हैं।
चिढ़ाना, दाँत भींचना, घूरती आँखें, धमकी भरी मुट्ठियाँ

मैं जहां भी हूँ, जो कुछ भी करूँ, वे पीछा करते, चिढ़ाते, प्रताड़ित करते हैं।
वे जानते हैं कि तुम दूर हो, मेरे निकट नहीं हो।
सब अपने कुरूप वेश में प्रकट होते हैं।

मैं जहां भी हूँ, जो कुछ भी करूँ हूँ, मैं तुम्हारे बारे में ही सोचती; याद करती हूँ।
मैं तनाव में हूँ, डरी हुईः इस कुरूपता के, मेरे चारों ओर फ़ैलाओ से।

तांडव है, मेरे चारों ओर,
वे मुझे नापसंद करते, नुकसान पहुँचाते, बदनाम करते हैं।

क्या तुम आकर उन्हें गायब कर सकते हो ?
आकर ठहरो मेरे पास ताकि वे चले जाएं।

□

Mother's Request

This is a very important poem for me. Now when I am more than 60 years old it is just a thought, a universal appeal of a mother. A poet, very often imagines things that are close to life but not necessarily part of her or his life.

This poem has landed on me close on heels of a dream where my expired father appeared and candidly prayed for me. Those days I was very ill. The very following morning I started improving. Alhamdollilah I am fine now.

My children – if you see me old and wobbly,
If you see me facing difficulties and nights,
You stay patient, it is easier said than done,
Don't disdain, don't anger.

If my hand shakes, if I spill my food on myself,
Don't forget these very hands fed you as a baby,
When you messed the food on my clothes and hands,
I just smiled and kissed you.

If I tire and take long, changing my clothes.
Don't forget how fondly I dressed you up, 10-10 times a day.

माँ का निवेदन

यह मेरे लिए एक बहुत ही महत्त्वपूर्ण कविता है। अब जब मैं 60 साल से अधिक हूँ, यह सिर्फ एक विचार, एक सार्वभौमिक अपील है, एक माँ की। एक कवि अक्सर उन चीजों की कल्पना करता है जो हैं तो जीवन के करीब लेकिन जरूरी नहीं कि वह उसके या उसके जीवन का हिस्सा हों।

यह कविता मुझ पर एक सपने के तक़रीबन फ़ौरन बाद उतरी है जहाँ मेरे दिवंगत पिता श्री रिफ़अत सरोश प्रकट हुए और उन्होंने मेरे लिए स्पष्ट रूप से प्रार्थना की। उन दिनों मैं बहुत बीमार थी। अगली सुबह मैंने तबीयत ने सुधार करना शुरू कर दिया। अल्हम्दुलिल्लाह मैं अब ठीक हूँ।

मेरे बच्चे; अगर तुम मुझे बूढ़ा और लड़खड़ाता हुआ देखते हो,
अगर तुम मुझे कठिनाइयों में और रातों को बेचैन देखते हो,
तुम धैर्य रखना, यह कहना आसान है करना कठिन।
तिरस्कार मत करना, क्रोध मत करना।

अगर मेरा हाथ काँपता है, अगर मैं अपना खाना खुद पर गिरा देती हूँ,
मत भूलो इन्हीं हाथों ने तुम्हें बचपन में खिलाया था।
जब तुमने मेरे कपड़ों तथा हाथों पर खाना गिराया था।
मैं सिर्फ मुस्कुराई और तुम्हें चूम लिया।

मैं थक जाती हूँ अपने कपड़े बदलने में, यह मत भूलना कि
दिन में एक बार नहीं था 10–10 बार मैंने तुम्हें कितने प्यार से तैयार किया था।

If my frail feet won't walk fast, you hold my hand,
Don't forget you held my finger to learn walking step-by-step.
My ring of arms firmly held you when you wobbled and stumbled.

When I suddenly stop talking, unable to catch the thread, memories drag me to yesteryears,
Please be patient, soft with me.
For I taught you to speak; make a point explicitly.

Don't forget in childhood I explained things a 100 times to you.
On your demand, I repeat the same stories lovingly, endlessly to you.
Don't forget I worked hard for years together, relentlessly,
To impart knowledge to you ;
eating, drinking, studying, and walking confidently with honour and dignity.

If I'm lazy in bathing; don't belittle me,
Don't say scornfully – "Oh Amma, how you stink."
When you hated bathing, I so lovingly promised the moon, a galaxy of toys to you.

If my coughing disturbs your sleep,
Don't forget I have paced endless nights with you in my arms.
While you, coughed and puked all over me.

यदि मेरे कमज़ोर पैर तेज़ी से नहीं चलें, तो तुम मेरा हाथ पकड़ लेना।
यह मत भूलना कि तुमहें चलना मैंने उंगली पकड़ कर सिखाया था।
मेरी बाहों ने तुम्हें मज़बूती से पकड़ा, जब तुमने लड़खड़ा कर ठोकर खाई।

जब मैं अचानक बात करना बंद कर दूँ, सूत्र, पकड़ ना पाऊँ,
यादें मुझे अतीत में खींचें,
धैर्य रखना, मेरे साथ नर्मी बरतना।
क्योंकि मैंने ही तुम्हें बोलना सिखाया;
स्पष्ट रूप से एक दृढ़ व्यक्ति बनाया।

मत भूलो जब तुम छोटे थे, मैं समझाती सब चीजें तुम्हें 100 बार।
तुम्हारी माँग पर मैं उन्हीं कहानियों को दोहराती प्यार से, कई कई बार।
यह मत भूलो कि मैंने कई वर्षों तक एक साथ कड़ी मेहनत की, लगातार।
तुमको ज्ञान प्रदान करने के लिए;
खाना, पीना, पढ़ना और चलना आत्मविश्वास से सम्मान और गरिमा के साथ मैं सदा तत्पर रही, जीना सिखाया।

यदि मैं नहाने में आलस्य करूँ; मुझे डांटना मत,
तिरस्कार पूर्वक मत कहना—"अरे अम्मा, कैसी बदबू आ रही है।"
जब तुम नहाने से नफरत करते, तो मैं बड़े प्यार से वादा करती—
चाँद, तुम्हारे लिए खिलौनों की एक आकाशगंगा।

अगर मेरी खाँसी नींद में खलल डालती है,
यह मत भूलना कि मैंने अंतहीन रातें तुम्हें बाहों में भुलते बिताई हैं
जबकि तुम, मेरे ऊपर खाँसते और उल्टी करते थे।

Feed me with tender care and serenity.
For I fed you; your choicest dishes even in the middle of the night.

Don't bifurcate me by blaming your sibling.
Don't force anyone to keep me, take care of me.
For you don't know how your sibling is placed.
When that day comes – just let me go.
I would not want to live. I would be too tired to live...

When you grow old my child you would know my mental state.
I have prayed for you wholeheartedly, till I breathed my last,
Loved you... Unqualified love forever and ever.

I prayed for my children.
United with my God –
I still pray for my children.
Aameen.

□

मुझे कोमल देखभाल और शांति के साथ खिलाना।
क्योंकि मैंने तुम्हें यूँ ही खिलाया।
मैंने भी तुम्हारे पसंदीदा व्यंजन
रात के बीच में उठ कर बनाये हैं।

अपने भाई-बहन को दोष देकर मुझे मत बांटो।
मुझे रखने के लिए कोई मजबूर मत होना।
तुम्हें क्या पता कि तुम्हारे भाई-बहन की स्थिति कैसी है।
जब वह दिन आए—बस मुझे मरने देना।
मैं जीना नहीं चाहूँगी, मैं थक चुकी होंगी।

जब तुम बूढ़े हो जाओगे मेरे बच्चे तुम्हें पता चल जाएगी
मेरी मानसिक स्थिति।
मैंने तुम्हारे लिए पूरे दिल से दुआ की है,
जब तक मैंने अपनी आखिरी साँस ली,
मैंने अपने बच्चों के लिए दुआ की।

मैं अल्लाह के साथ संयुक्त—
मैं अभी भी अपने बच्चों के लिए दुआ करती हूँ।
आमीन।

□

My Daughter

Cool breeze comforting my burning heart,
Evergreen flower blossoming through life,
Fragrant; decorating parent's home,
That's what my daughter is.

Pitta patta small steps, jingle jingle anklets,
stumbling, stuttering, singing through life,
Healing my deep wounds, caressing my suffering soul,
That's what my daughter is.

How quickly she grew up,
so soon the dresses didn't fit,
How fast little became big, seems like just a blink.
Those little ponies and dolls were packed,
Enid Blyton books all stacked in the rack.

Gone was the time of goat and dogs stories,
'Postman Pat', Mr. tickle and fluffy cat.
Pa, Ma's heart filled with pride,
On 'Little Miss Perfect', being so bright at school.

मेरी बेटी

मेरे जलते दिल को सुकून देती ठंडी हवा,
जीवन भर खिलता सदाबहार फूल,
माता-पिता का घर सुगंधित करती, सजाती,
यह है मेरी बेटी है।

पित्त पट्टा छोटे कदम, जिंगल जिंगल पायल,
लड़खड़ाते संभलते पाऊँ, जीवन भर गीत गाते रहे,
मेरे गहरे घावों को भरती, मेरी पीड़ित आत्मा को सहलाती,
यह है मेरी बेटी है।

वह कितनी जल्दी बड़ी हो गई,
इतनी जल्दी कपड़े छोटे हो गए,
लगता है जैसे पलक झपकते ही; छोटी बच्ची इतनी बड़ी हो गई।
वे छोटे-छोटे टट्टू और गुड़िया संभल के रख दिये,
'एनिड ब्लायटन' की किताबे सभी रैक में ढेर हो गईं।

बकरी और कुत्तों की कहानियों का जमाना गया,
डाकिया पैट, मिस्टर गुदगुदी और मोटी बिल्ली।
पा, माँ का हृदय गर्व से भर गया,
'लिटिल मिस परफेक्ट' का ख़िताब स्कूल ने दिया।

Soon came along the Prince of Hearts,
Proposed to her for he was so smart,
Together they were like two Swans,
The doves looked good, whom we all blessed.

All is well the world is at rest, locked they are in nuptial bliss.
My Princess' Prince Charming took her away.
The flight of Swans, far, so far away.
New destinations, new goals, new vistas, fresh horizons.

Here I am pulling out old frocks, little ghararas, bangles and all.
Press them to my heart, treasure them,
For they adorned my daughter, they still breath,
They always give out fragrance of my daughter sweet.

How quickly you grew up, how fast you left.
Time's winged chariot transformed baby to a lady.
All these years are fresh with me,
Will stay, this way, with your mother; this lady.

□

जल्द ही दिल का राजकुमार आया,
उसे 'प्रपोज़' किया क्योंकि वो बहुत स्मार्ट था।
साथ में वे दो हंसों की तरह थे,
दो कबूतर एक साथ, जिन्हें हम सबने आशीर्वाद दिया।

सब ठीक है दुनिया आराम से है, बंधे हैं वे वैवाहिक आनंद में।
मेरी राजकुमारी को आकर्षक राजकुमार ले गया।
हंसों की उड़ान, दूर, इतनी दूर।
नई मंजिलें, नए लक्ष्य, नए दृश्य, नए क्षितिज।

यहाँ मैं पुराने फ्रॉक निकाल रही हूँ, छोटे ग़रारे, चूड़ियाँ और सब।
उन्हें मैंने दिल से संजोया, बेशक़ीमती सरमाया।
क्योंकि उन्होंने मेरी बेटी का श्रृंगार किया, वे अब भी साँस लेते हैं।
वे हमेशा मेरी बेटी की मीठी खुशबू देते हैं।

तुम कितनी जल्दी बड़ी हो गईं, कितनी जल्दी चली गईं।
समय के पंखों वाले रथ ने बच्ची को एक महिला में बदल दिया।
ये सभी वर्ष मेरे साथ ताजा हैं।
मैं तुम्हारी माँ सदा यूँ ही रहूँगी साथ; तुम्हारे, मैं यह महिला।

□

Time

Time dear time.
I am looking for you...
where are you?

Morning, evening,
Yet again morning follows evening.
Time flows, Time passes, timely happenings:
Timely birth; celebrations.
Timely death; bereavement.

Time does it all, time knows it all.
Times sees it all, time plans it all.

All revolves around the time, can't control time.
Befriend mankind, defend mankind.

Time dear time;
Right time! Not so right time.

□

समय

समय प्रिय समय।
मैं तुम्हें ढूँढ रही हूँ
तुम हो कहाँ हैं?

सुबह शाम,
फिर भी सुबह के बाद शाम होती है।
समय बहता है, समय बीतता है, समय पर होता है;
समय पर जन्म; समारोह।
समय पर मृत्यु; शोक।

समय सब कुछ करता है, समय यह सब जानता है।
समय यह सब देखता है, समय यह सब योजना बनाता है।

सब समय के इर्द-गिर्द घूमता है, समय को नियंत्रित नहीं कर सकते।
मानव जाति से मित्रता करें, मानव जाति की रक्षा करें।

समय प्रिय समय;
कभी सही समय! कभी इतना सही समय नहीं।

□

Thy Name is Woman

The existence of human beings on our beautiful Earth,
Has always been viewed judged, provided by their worth.

Kings, paupers, Queens, maids, royalty and commoners,
This wide abundant ancient Earth has people of all grades.
Everyone across the strata requires the same living aids.
But the privileged royalty lives by greater, higher grades.

During the wealthiest period of Ancient Egyptian history
In the 14th Century BC, royal wife of pharaoh was Akhenaten.
The great Nefertiti; brought about a religious revolution.
She skillfully aided the pharaoh to weed out pollution.
Diplomatic, educated in hieroglyphs, wielded unprecedented power.
Caused tremendous cultural upheaval, made certain sections sour.

Elevated to the status of co-regent;
equal in status to the pharaoh.
She ascertained all worshipped only Aten,
devoted to the marrow.

तेरा नाम स्त्री है

हमारी खूबसूरत धरती पर इंसानों का अस्तित्व,
उनके द्वारा प्रदान की गई क़ीमती सेवाओं देखा गया है।

राजा, रंक, रानियाँ, दासियाँ, राजघराने के और आम लोग,
इस विस्तृत प्रचुर प्राचीन पृथ्वी में सभी तरह के लोग हैं।
समूचे स्तर पर सभी को समान जीवन की आवश्यकताएं हैं।
लेकिन विशेषाधिकारी प्राप्त राजकीय घराने वाले, ऊँचे स्तर पर जीते हैं।

इतिहास साक्षी है कि, प्राचीन मिस्त्र के सबसे धनी काल के दौरान;
14 वीं शताब्दी ईसा पूर्व, फिरौन की शाही पत्नी अखेनातेन थी।
महान् 'नेफ़र्टिटी'; एक धार्मिक क्रांति लाई।
उसने कुशलता से फ़िरौन को प्रदूषण दूर करने में मदद की।
वह राजनयिक, चित्रलिपि में शिक्षित थी, उस में अभूतपूर्व शक्ति थी।
जबरदस्त सांस्कृतिक उथल-पुथल का कारण बन,
उसने निश्चित ही एक खंड को खट्टा किया।

'सह-रीजेंट' की स्थिति में उन्नत;
वह फ़िरौन की हैसियत के बराबर हो गई।
उसने निश्चित किया कि सभी केवल 'एटन' की पूजा करें,
उसी को समर्पित रहें।

One of the most powerful women; of human history, throughout the ages.
A global icon of feminine beauty, courage and power in multiple stages.

Often depicted alongside the pharaoh, in positions of power and authority.
Leading worship of Aten, driving a chariot or smiting an enemy in minority.
The royal sculptor Thutmose immortalized Nefertiti, crafted her bust.

Awesome work of art; from antiquity;
preserving her beauty was a must.
With an enigmatic smile, a long neck,
elegantly arched brows, high cheekbones, a slender nose,
dignified, for her the Sun shines.

Image of Nefertiti wearing her distinctive tall crown with carving, Starting around the mouth, near the chin, ear and tab of the crown.

Nefertiti etched in stone, by unsung Egyptian workers and artists.
Ironically her glory immortalized by the downtrodden and exploited.

No one sings praises of laborers and artisans from Deir el-Medina.
They toiled, suffered, stayed hungry, stressed, strained and died.

मानव इतिहास की सबसे शक्तिशाली महिलाओं में से एक;
वह नारी सौंदर्य, साहस और शक्ति का वैश्विक प्रतीक थी।

शक्ति और अधिकार दर्शाती वह अक्सर फ़िरौन के साथ, के पदों पर चित्रित की गई।
एटन की पूजा करना, रथ चलाना या मारना अल्पमत में एक दुश्मन को।
शाही मूर्तिकार 'थुटमोस' ने 'नेफ़र्टिटी' को अमर कर दिया, उसकी प्रतिमा तैयार करके।

कला का अद्‌भुत काम; पुरातनता से;
उसकी सुंदरता का संरक्षण जरूरी था।
एक गूढ़ मुस्कान के साथ, एक लंबी गर्दन,
सुरुचिपूर्ण ढंग से धनुषाकार
भौहें, ऊँची चीकबोन्स, पतली नाक, प्रतिष्ठित,
उसके लिए सूरज चमकता है।

अपने विशिष्ट लम्बे मुकुट को पहने हुए 'नेफ़र्टिटी' की छवि
नक्काशी के साथ, मुंह के चारों ओर शुरू, के पास
ठोड़ी, कान और मुकुट का टैब।

गुमनाम मिस्र के श्रमिकों द्वारा पत्थर में उकेरी गई 'नेफ़र्टिटी' कलाकारों द्वारा अमर हो गयी।
विडंबना यह है कि दलितों द्वारा उनकी महिमा को अमर कर दिया गया और शोषण किया।

'दीर अल-मदीना' के मजदूरों और कारीगरों का गुणगान कोई नहीं गाता।
उन्होंने मेहनत की, कष्ट सहे, भूखे रहे, तनावग्रस्त रहे, और मर गया।

They kept the name of Nefertiti shining, alive but they died nameless.
Human history is full of acts that need correction, acts so shameless.

Why only Nefertiti, there were; equally fortunate Egyptian queens:
Cleopatra, Twosret, Hatshepsut, Sobekneferu and MerNeith.
All bold, beautiful, powerful, all queens, legendary super humans.
Made immortal by the works of art of simple common poor humans.

Sun rises and sets, Moon comes and goes,
seasons pass on. Years roll on into centuries,
great civilizations come and go.

Food, clothing, shelter, this universal necessity never fades.
No one tries to take a peek into the lives of the real heroes.

I bow my head in honour of all those slender underfed human souls.

I raise my hand in salutations for those who preserved royal souls.

□

This Poem was Published in–The Silk Road Literature Anthology : Ancient Egyptian Modern Poets. (Egypt)

उन्होंने नेफ़र्टिटी के नाम को चमकाए रखा, ज़िंदा रखा लेकिन वे गुमनाम मर गया।
मानव इतिहास ऐसे कृत्यों से भरा है जिनमें सुधार की आवश्यकता है, कितना बेशर्मी का काम है।

केवल नेफ़र्टिटी ही क्यों, वहाँ थी;
समान रूप से भाग्यशाली मिस्र की रानियाँ
क्लियोपेट्रा, ट्वोसरेट, हत्शेपसुत, सोबेकनेफेरू और मेर्नीथ।
सभी साहसी, सुंदर, शक्तिशाली, सभी रानियाँ, पौराणिक सुपर इंसान।
साधारण आम की कला के कार्यों से अमर हो गईं, गुमनाम ग़रीब इंसान।

सूरज उगता है और डूबता है, चाँद आता है और जाता है,
ऋतुएँ आगे बढ़ती है।
वर्ष सदियों में परिवर्तित होते रहते हैं,
महान् सभ्यताओं का आना और जाना लगा रहता है।

रोटी, कपड़ा, मकान, यह सार्वभौमिक आवश्यकता कदापि नहीं फीकी पड़तीं।
कोई भी वास्तविक जीवन में झाँकने की कोशिश नहीं करता है उन वास्तविक नायकों की।

मैं उन सभी दुबले-पतले कुपोषित मानव आत्माओं के सम्मान में अपना सिर झुकाती हूँ।
मैं उन लोगों के लिए सलाम में हाथ उठाती हूँ, जिन्होंने इन शाही आत्माओं का संरक्षण किया।

□

यह कविता मिश्र से प्रकाशित—द सिल्क रोड लिटरेचर एंथोलॉजी : अंशियंट इजिप्शियन मोर्डन पोइटस। (मिश्र) छपी है।

An Ode to my son

(An ode is a formal, often ceremonious Lyric poem that addresses and often celebrates a person, place a thing or idea. It is a Greek Language word meaning; 'Song.')

Moving, travelling, achieving is the essence of life.
The Earth, Sun, Moon, stars – the whole galaxy moves.

You moved away from home, to a new place.
You moved away from me, to achieve higher goals.

The first glance of you in the hospital :
Brought cheers to me, your sister, your father: the whole family.

Three decades passed a rollercoaster ride.
Full of events happy and also not so nice.

Family celebrations, birthdays, weddings, parties, picnics, concerts
Family mourning – losing your grandparents, uncles, dear ones.

You were always there by my side.
Singing, dancing, crying, consoling.

ओड पुत्र के नाम

(ओड : संबोधन कविता होती है। विशेष अवसर के लिए या विशेष व्यक्ति या वस्तु को लक्ष्य कर लिखी गई कविता को ओड कहते हैं जो ग्रीक भाषा का शब्द 'गाना' के लिए है।)

चलना, यात्रा करना, उन्नति करना जीवन का सार है।
पृथ्वी, सूर्य, चंद्रमा, तारे–पूरी आकाशगंगा चलती है।

तुम घर से दूर एक नए स्थान पर चले गए।
ऊंचे लक्ष्यों को हासिल करने के लिए तुम मुझसे दूर चले गए।
अस्पताल में तुम पर पहली नज़र
मेरे, तुम्हारी बहन, तुम्हारे पिता सम्पूर्ण परिवार के लिए खुशियाँ लायी।

तीन दशक एक 'रोलरकोस्टर' की सवारी जैसे बीत गए।
घटनाओं से भरी कुछ खुश और इतनी अच्छी भी नहीं।

परिवार समारोह, जन्मदिन, शादियों, पार्टियों, पिकनिक, संगीत कार्यक्रम
पारिवारिक शोक: अपने दादा–दादी, नाना–नानी को खोना।

तुम हमेशा मेरे साथ रहे।
गाना, नाचना, रोना, सांत्वना, देने को।

A shining star, elating your sister, father, mother, everyone related:
All through that infancy, childhood, adolescence, youth.
Thick black hair, confidence shown in your eyes.

Best siblings: ShazAhm, father's pride, mother's delight.
Time kept creeping, slow and steady, quiet and relentless.

My children drifting one by one,
while I watched in amazement.

Time's winged chariot travels constantly
Fly high, take my blessings
Shoot up my star, mother's prayers are constant.
Nothing can ever bring you harm
For God's choicest angels protect you.

□

एक चमकता सितारा; अपनी बहन, पिता, माँ संबंधियों को प्रसन्न करते हुए।
उस शैशवावस्था, बाल्यावस्था, किशोरावस्था, युवावस्था के दौरान।
घने काले बाल, आंखों से आत्मविश्वास छलकता।

सबसे अच्छे भाई–बहन : शाज़अह्म, पिता का गौरव, माँ का आनंद
समय रेंगता रहा, धीमा और स्थिर, शांत और अथक।

मेरे बच्चे एक–एक करके दूर जा रहे थे;
और मैं विस्मय से केवल तक रही थी।

समय का पंखों वाला रथ निरंतर यात्रा करता है
ऊँची उड़ान भरो, मेरा आशीर्वाद लो
मेरे सितारे ऊँची उड़ान भरों, माँ की दुआएँ निरंतर साथ हैं।
तुम्हारा कुछ भी, कभी भी, अहित नहीं हो सकता
क्योंकि परमेश्वर के उत्तम दूत तुम्हारी रक्षा करते हैं।

□

A Wedding Anniversary

No matter how long you know each other
No matter how much you said to each other
No matter how much we showered blessings
Throughout the year with all our hearts.

Wedding anniversary is something to celebrate
It's a day that holds a special place in your heart.
It marks your decision to spend life together
It marks your families coming together, blessing you.

Few years are just a fraction of your long conjugal bliss.
Praying and blessing for nothing to ever go amiss.
Embodiment of love and respect, caring and sharing;
You two together, warm my heart, console my soul.

My children stay blessed, your's is a happy home
Full of prosperity, affluence, opulence and passion,
Love and respect your elders, adore your youngers
Usher in new generation; stay full of gratitude and hope.

(Blessing-Shazia and Hamid, Ahmer and Shenaz)

□

विवाह की वर्षगाँठ

चाहे आप एक–दूसरे को कितने ही समय से जानते हों
आप चाहे कितना भी कह सुन लें,
हम कितना भी आशीर्वाद बरसा लें
पूरे साल पूरे दिल से
विवाह की वर्षगाठ मनाना कुछ ख़ास है।
यह एक ऐसा दिन है जो आपके दिल में एक विशेष स्थान रखता है।

यह जीवन को एक साथ बिताने के निर्णय को चिह्नित करता है।
यह परिवारों के एक साथ आने, आशीर्वाद देने का प्रतीक है दोनों के लिए।

कुछ वर्ष आपके लंबे दांपत्य आनंद का एक अंश भर हैं।
कुछ भी ग़लत न हो इसके लिए प्रार्थना और आशीर्वाद।
प्यार और सम्मान, देखभाल और साझा करने का अवतार;
तुम दोनों एक साथ, मेरे हृदय की शांति, मेरी आत्मा को सांत्वना दो।

मेरे बच्चों धन्य रहो, आपका घर खुशहाल है।
समृद्धि, संपन्नता, ऐश्वर्य और जुनून से भरा हुआ,
अपने बड़ों को प्यार और सम्मान दो, छोटों को प्यार दो,
नई पीढ़ी को प्रवेश दो; कृतज्ञता और आशा से भरे रहो।

(शाज़िया और हामिद, अहमर और शिनाज़ को आशीर्वाद)

□

Fountain of Pain

The waves of pain in my bones;
cascading irregularly across the body.
So painful, moving the body;
is like disturbing the waters of settled pain.

Unpredictable; where would this pain cascade.
Where would the waves move and flutter.
My legs, my back, my fingers, my toes;
Everything crying, yelling with aches and pain.

Strange, unknown, never experienced this kind of deep persistent killing pain.
These aches and pains in my body (ah...ha...hem)
Only God knows; how will I escape this perpetual rain of pain.

□

दर्द का फ़व्वारा

मेरी हड्डियों में दर्द की लहरें;
पूरे शरीर में अनियमित रूप से फैलती।
इतना दर्दनाक, हिलना-डुलना शरीर को;
बसे हुए दर्द के पानी को परेशान करने जैसा है।

अप्रत्याशित; यह दर्द कहाँ से बरसेगा ?
लहरें कहाँ चलती और कहाँ फड़फड़ाती होंगी ?।
मेरे पैर, मेरी पीठ, मेरी उंगलियां, मेरे पैर की उंगलियां;
सब कुछ रो रहा है, पीड़ा और दर्द से चिल्ला रहा है।

अजीब, अज्ञात, इस तरह के गहरी लगातार घातक
पीडा का अनुभव कभी नहीं किया।
मेरे शरीर में ये दर्द और दर्द (आह... हा...हेम)
भगवान जानता है कि पीड़ा की लगातार बारिश से कैसे बाहर निकलूँगी।

□

New Woman

Thousands of years' history, holds testimony
That the Woman,
Lent grace and style to life.
She decorated the haven of culture and civilization.

But history of every period is witness: the Man, was unfaithful.
He destroyed the embodiment of loyalty.
She was subjected to tyranny and treachery.
But still she prayed for the Man.

In this world, a Woman's destiny is a few tears.
In this world, over the centuries, Man has dominated.
Thousands of years' history, holds testimony That the Woman,
Was punished for the sins, She never committed.

But now, The human history is stirring.
The wave turned in favour of, The downtrodden Woman.
This is an era of democracy, In this progressive world,
The winds are in favour, And relieving the Woman.

नई औरत

हज़ारों वर्षों का मानव इतिहास साक्षी है कि औरत ने;
जीवन के रूप को संवारा; उसे सुन्दर शैली प्रदान की।
सभ्यता के चौखट और द्वार उसने ही तो अलंकृत किए।
प्रेम से परिपूर्ण दृष्टि ने औरत के स्वभाव को तेज दिया।

परन्तु हर क्रम का मानव इतिहास साक्षी है कि मर्दों ने;
निष्ठा की मूर्ति को ठुकराया है, उससे अविश्वसनीयता की।
अन्याय और अत्याचार से वो सदियों पीड़ित होती रही।
परन्तु औरत ने फ़िर भी; सदा मर्दों के पक्ष में प्रार्थना की।

ये दुनियाँ है, यहाँ औरत के भाग्य में हैं; केवल कुछ आँसू।
ये दुनियाँ है, यहाँ सदिओं से पूरे समाज पर मर्दों का क़ब्ज़ा है।
हज़ारों वर्षों का मानव इतिहास साक्षी है कि असहाय औरत ने;
उन अपराधों का दण्ड पाया, जो उसने कभी किये ही नहीं।

परन्तु अब मानव इतिहास करवटें लेने लगा है।
हज़ारों वर्षों से कुचली हुई औरत के दिन फ़िर गए।
ये प्रजातंत्र का दौर है, और इस विकासशील समय में।
ज़माने की हवा बदली है और राहत के दिन आए।

The Man recognised the Woman To be his better half,
The social fabric Has to be recast.
The new laws governing The nation, also,
Hold woman, free and equal To man in all respects.

But, this is only the beginning of that Golden Age,
Where, woman: The target of injustice has to revive.
We have to fight the world, for our rights.
We have to wipe off, all evil marks of slavery.

We have to turn the direction of Thousands of years' history,
With love, we have to give Solace to broken hearts.
Where the very being of Humanity is strangulated,
We have to break The fetters of antiquity.

□□□

समाजी जीवन का अब नया संगठन होना है।
अनुभव हुआ मर्दों को; औरत तो उसकी अर्धांगिनी है।
सरकार के नए क़ानून की दृष्टि में भी अब औरत,
हर प्रकार से स्वतंत्र है; मर्दों के बराबर है।

परन्तु यह केवल प्रारम्भ है, उस स्वर्णिम काल का कि जिसमें;
संवरना है हज़ारों वर्षों से पीड़ित–प्रताड़ित औरत को।
हमें अपने अधिकार पाने को; समस्त संसार से लड़ना है।
पराधीनता के हर भद्दे कुरूप घाव को हमें मिटा देना है।

हज़ारों वर्षों के मानव इतिहास की दिश मोड़नी होगी।
प्रेम तथा सनेह से हमें पीड़ित हृदयों को जोड़ना होगा।
जहाँ मनुष्य की भलमनसी, मानवता का दम घुट रहा।
उन प्राचीनकाली परंपरा की बेड़िओं को तोड़ना होगा।

□□□

About The Poet

A Poet, a Broadcaster and a Media Educator; Shaheena (Sarosh) Khan wears many hats. A PG in English Literature from Delhi University and PGD in Journalism, she has been on the scene for more than four decades. She has equal command over Hindi and English and speaks her mother tongue Urdu fluently. She has been a Keynote speaker at many conferences on Environmental issues, Women's issues, Community issues, broadcasting etc nationally and internationally. She has participated in a number of Radio & Television and on-line shows as a Poet / Writer and Media person on burning Social and Cultural issues. She has a vast experience in planning, designing and developing communication material. She has worked with All India Radio and The Indian Institute of Mass Communication and still makes valuable contributions as a broadcast Media professional. She has travelled extensively (19 countries) and taught as a Communication Expert at Oxford College for Further Education, Oxford, United Kingdom (1984-1985). She taught Language Skills, Diction, Pronunciation, Presentation and Interpersonal Communication. She is Founder & President of Parwaz-e-Shaheen Rifat Sarosh Academy, New Delhi (Registered). It is a literary, educational, arts and cultural non-profit organization. Organised, presented and compared various cultural events in Delhi and NCR in this capacity. She has been Master of Ceremonies and anchored a number of live stage events. She has delivered live commentaries on air as a commentator for Republic Day Parade, from Kartavya Path (Rajpath), New Delhi and the Central Hall of Parliament of India.

Her poems, Short stories articles, essays, etc. are regularly published in periodicals like: The Asian Age, The Pioneer, The Kashmir Times, The Sun, Jansatta, Panchwa Stambh, India Calling, Studies in Sikhism and Comparative Religions, Children's Book Trust Publication.

She has two published books to her credit. One collection of her poetry and the other edited essays and poetry.

She has been awarded with many national and international honors and accolades for her contributions in literary, cultural and broadcasting fields.

कवि परिचय

एक कवि, एक प्रसारक और एक मीडिया शिक्षका; शाहीना (सरोश) ख़ान कई टोपियाँ पहनती हैं। दिल्ली विश्वविद्यालय से अंग्रेजी साहित्य में पीजी और पत्रकारिता में पीजीडी, वह चार दशकों से अधिक समय से दृश्य पर हैं। उनका हिन्दी और अंग्रेजी पर समान अधिकार है और वह अपनी मातृभाषा उर्दू धाराप्रवाह बोलती हैं। वह राष्ट्रीय और अंतरराष्ट्रीय स्तर पर पर्यावरण के मुद्दों, महिलाओं के मुद्दों, सामुदायिक मुद्दों, प्रसारण आदि पर कई सम्मेलनों में मुख्य वक्ता रही हैं। उन्होंने ज्वलंत सामाजिक और सांस्कृतिक मुद्दों पर एक कवि/लेखक और मीडियाकर्मी के रूप में कई रेडियो और टेलीविजन और ऑन-लाइन शो में भाग लिया है। उन्हें संचार सामग्री की योजना बनाने, डिजाइन करने और विकसित करने का व्यापक अनुभव है। उन्होंने आकाशवाणी और भारतीय जनसंचार संस्थान में लम्बे समय तक काम किया है और अभी भी एक पेशेवर प्रसारण मीडियाकर्मी के रूप में बहुमूल्य योगदान देती हैं। उन्होंने बड़े पैमाने पर विदेश (19 देशों) की यात्रा की है, और ऑक्सफोर्ड कॉलेज फॉर फर्दर एजुकेशन, ऑक्सफोर्ड, यूनाइटेड किंगडम (1984-1985) में एक संचार विशेषज्ञ के रूप में पढ़ाया है। उन्होंने 'लैंग्वेज स्किल्स', 'डिक्शन', उच्चारण, 'प्रेजेंटेशन' और 'इंटरपर्सनल कम्युनिकेशन' सिखाया। वह परवाज़-ए-शाहीन रिफत सरोश अकादमी, नई दिल्ली (पंजीकृत) की संस्थापक और अध्यक्ष हैं। यह एक साहित्यिक, शैक्षिक, कला और सांस्कृतिक गैर-लाभकारी संगठन है। इस क्षमता में दिल्ली और राष्ट्रीय राजधानी क्षेत्र में विभिन्न सांस्कृतिक कार्यक्रमों का आयोजन, प्रस्तुतीकरण कर चुकी हैं। उन्होंने आयोजनों का प्रबंध किया और कई लाइव स्टेज इवेंट्स की एंकरिंग की है। उन्होंने कर्तव्य पथ (राजपथ), नई दिल्ली गणतंत्र दिवस परेड के लिए और भारत की संसद के 'सेंट्रल हॉल' से एक कमेंटेटर के रूप में 'लाइव' आंखों देखा हाल सुनाया है।

उनकी कविताएँ, लघु कथाएँ लेख, निबंध आदि नियमित रूप से पत्रिकाओं में प्रकाशित होते हैं जैसे : द एशियन एज, द पायनियर, द कश्मीर टाइम्स, द सन, जनसत्ता, पांचवा स्तंभ, इंडिया कॉलिंग, सिख धर्म और तुलनात्मक धर्मों में अध्ययन, चिल्ड्रन्स बुक ट्रस्ट प्रकाशन।

उनके खाते में दो प्रकाशित पुस्तकें हैं। एक उनकी कविता संग्रह और दूसरा संपादित निबंध और कविता संग्रह।

अपनी साहित्यिक, सांस्कृतिक एवं प्रसारण क्षेत्र की सेवाओं के लिए उन्हें कई राष्ट्रीय तथा अंतरराष्ट्रीय सम्मानों से अलंकृत किया जा चुका है।